字旅再相逢

馮珍今 著

12位香港文化人的故事

匯智出版

目錄

* 本書編排以訪問先後為序。

序 字旅喜相逢 疑是故人來

　　馮珍今女士又有新書出版，邀請我為她寫序，作為後學，愧不敢當，而且俗務纏身，然而恭敬不如從命，讓我分享先睹為快的喜悅。

　　認識珍今時間不算長，幾年前一位在大學工作的朋友向我大力推薦她為我的媒體寫稿，說她的文字很好。得悉這位教育界前輩是香港中文大學中文系畢業生，多了一份親切感，因為我本科受業於港大中文系，在中文大學念碩士，算是她的師弟。珍今選了一些在《大頭菜》雜誌刊登過的文化名人深度訪問發表在灼見名家傳媒，叫好叫座。之後她建議再訪問另一批文化界人士，我讓她自由選人選題，她每次都與我有商有量，合作愉快。香港紙媒的文章近年走短小路線，很少能夠提供寫長文的空間，反而網上媒體沒有版面的限制，作者可以有更廣闊的發揮天地。我今年入行剛好 30 年，多年來我也很喜歡寫人物訪問，早年多採訪政經人物，之後多做大學學者、專家訪問，也涉獵文化、醫療的範疇，能夠與各個領域的一流人物對

談，讓自己不斷進步與提升，是一種福氣。不過報刊雜誌的篇幅畢竟有限，不可能有珍今與受訪者暢談半天，依依不捨的奢侈。她的訪問，事前工夫做得很充足細緻，對人物的背景、足跡充分掌握；真情對話能讓受訪者無所不談；事後她更花了大量時間爬梳對談的內容，然後用她的生花妙筆把人物的精彩故事娓娓道來，如流水行雲，餘味無窮。

珍今的第一本《字旅相逢》出版後很受歡迎，她再接再厲把灼見名家傳媒近兩年來的 12 篇訪問收錄出版，我認真的從頭到尾看了一遍，獲益良多，訪問的人物有幾位是好朋友，有幾位曾經接觸，所以份外有親切感。我念中學時已經在報紙的副刊看過夏婕女士的散文、遊記，本書的訪問精彩地整理了她的不平凡經歷，令人佩服其膽識與氣概。由於她獨特的經歷，文章可讀性很高，拜讀她的世界采風文集《渡》，映入眼簾的「獨闖天下，文化專旅」八個大字，豪邁猶勝鬚眉。珍今把她的精彩人生寫得出神入化。

文集裏我最熟悉的人物是丁新豹教授，我的港大師兄，才高八斗。他擔任香港歷史博物館總館長年代，曾邀請我擔任香港歷史系列講座演講嘉賓，大家偶有見面。他退休後的人生更精彩，著書、演講、導賞，把香港與中國及世界的關係講得清楚通透，演講絕無冷場，治史能夠這麼貼近民心，在香港很難找到第二位。最近我邀請了他與

珍今為中學生做文化歷史導賞,在他們的心田播下種子。

　　一年多前,香港城市大學創意媒體學院魏時煜教授執導的《古巴花旦》紀錄片舉辦試影會,我應邀欣賞,喜出望外。透過追蹤兩位古巴少女學習粵劇的獨特經歷,魏教授把中國文化無遠弗屆的精粹呈現出來,內容感人。由於我的父母都是粵劇迷,我帶他們去欣賞,都很喜歡,特別是一些粵劇老倌的訪談。魏教授也是作家,寫當代中國知識分子命運的專著曾經獲獎,她的人文關懷,發揮很大影響力。

　　幾年前在一次中華文化促進中心安排的晚飯,首次有機會與著名導演毛俊輝同桌,當我談起 2003 年看過他執導的《酸酸甜甜香港地》,大家的距離一下子便拉近了。我當年還出席了香港話劇團的記者會,遇上為話劇填詞的港大中文系大師兄黃霑,經過沙士之劫,此劇傳播正能量,演出時叫好叫座,顧嘉輝作曲的旋律與霑叔的歌詞我仍依稀記得。之後看毛導演的《新傾城之戀》,同樣是場場滿座。毛氏擔任男主角的《父親》最近載譽重演,大家不容錯過。

　　我不認識關夢南詩人,從珍今的訪問得悉,他在《星島日報》教育版及副刊服務多年,鼓勵年輕人創作,大力推動新詩,在文化及教育界貢獻良多。文中提及九十年代初香樹輝先生擔任《星島日報》總經理,很重視教育版。我與香先生在壹傳媒共事了一年多,他到星島集團發展後不

久，曾經邀請我過檔編教育版，盛意拳拳，我幾乎準備加盟。如果成事，當年會與關詩人共事，失諸交臂。

有機會認識司徒元傑館長，是 2018 年 8 月在禮賓府舉行的吳冠中畫作捐贈儀式上。我應邀出席這個難得盛會，見證了一代中國油畫大師的大量佳作捐贈香港藝術館的歷史時刻。我很喜歡吳冠中的畫，中西合璧，不落俗套，具有濃厚的民族現代色彩。司徒館長與吳老有緣，能夠感動他寧願把作品留在香港讓更多人欣賞，不希望落入拍賣行讓人炒作，這是香港的福氣，也有司徒館長的功勞。

在 2000 年一次由中華文化促進中心舉辦的敦煌青海文化之旅，我有機會認識李美賢女士，她的先生是著名學者李焯芬教授，也是那次旅行的導賞專家之一，為我們介紹佛教歷史與敦煌的關係。那一年剛好是敦煌藏經洞發現 100 周年，在敦煌舉辦學術研討會，國學大師饒宗頤教授也有出席。在那次旅程，團友有很深入的交流與分享。李女士是民族學家及文物收藏家，2002 年她送給我和太太的結婚禮物，是一個精緻的求子金屬飾物，很有心意。一年多後，我們的兒子出生。

書中最年輕的受訪者是莊梅岩女士。第一次聽她的名字是 2013 年在香港中文大學 50 周年的話劇《教授》，她以校友身份擔任編劇。九十年代我在中大政治與行政學

系念了好幾年兼讀碩士，很喜歡校園的氛圍。這個話劇的故事講述一個哲學系一年級學生與教授爭論教育不能改變社會，教育只是紙上談兵，有不少令人深思的對話。2016年，我也看了她為母校聖保羅男女中學創校 100 周年編的校園話劇，真摯溫馨，令校友重拾校園的美麗回憶。莊女士才華洋溢，我等待看她的新作。

我與榮鴻曾教授神交多時，但一直未有機會見面。看到珍今的訪問，才對他有更多了解。數年前經友人的介紹，榮教授在灼見名家發表了多篇回憶早年做杜煥南音研究來龍去脈的文章，配上珍貴的歷史圖片。2019 年 3 月，榮教授親自來港主持香港中文大學的地水南音唱片發佈暨演唱會，我帶父母到西九龍戲曲中心欣賞。他們都很喜歡阮兆輝的唱腔，把杜煥的故事用南音演繹，非常動聽。榮教授為香港保存了珍貴的音樂資料，功德無量。

讀珍今訪問這 12 位在不同領域獨當一面的文化界人物，除了兩位神父及新劍郎未有機會深入接觸，其他都有緣認識或欣賞過其作品，大家都是文化有心人。我衷心推薦這本令人欣喜的誠意之作。

文灼非
灼見名家傳媒社長

浪跡天涯歸故國
縱橫極地任我行

夏婕專訪

認識夏婕，也許是八十年代初期吧！

1982 年，她暫時拋開香港的一切，老遠跑到新疆去，花了三個多月的時間，在烏魯木齊、吐魯番、庫爾勒、北疆、南疆等地，走了一圈，還獨自環繞塔克拉瑪干沙漠一周……

她回來後，寫了《漫漫新疆路》，我看了這本書，才開始認識這個特立獨行的女子。

為甚麼要往新疆去？為的是——雖然她曾在天山北麓的大泉溝生活過五年之久，但覺得還未了解這片漠土。

2017 年的 12 月，我們坐在柴灣青年廣場的餐廳內，呷着檸檬茶，從多年前聊起……

「支邊青年」在新疆

1966 年，這個「支邊青年」[1] 形單影隻來到了新疆莫索灣的大泉溝，一個在沙漠中的軍墾農場。當年，她曾扛着鐵鍬、砍土鏝、開渠澆水……曾在這裏種樹、種瓜……到今時今日，她仍然說：「我愛大泉溝，愛那兒的人和樹，白楊林帶、葦湖、水庫，還有沙棗花和自流井。」

---

1 「支邊青年」指支援邊疆建設的青年人。

可是，當年的她，卻在這個地方，捱了不少苦楚！

父親的出身，註定了女兒的命運。

夏婕的父親原是西安國民黨戰幹團的教官、《晉東南日報》的總編輯，1948年大撤退，他捨不得孤零零東躲西藏的妻子，沒在青島上船，決定離開部隊，返回西安附近的農村尋訪妻子。

女兒就出生在農村裏。「我出世時，由鄰居一位婆婆接生，就在瓦盆中呱呱墜地……難怪我那麼喜歡陶瓷，瓶瓶罐罐一大堆，放在家裏。」夏婕笑着說。

「高官脫逃」是大罪，在國民黨的通緝下，在共軍的搜捕中，他們一家子過着顛沛流離的生活。直到夏婕兩、三歲，才回到湖北武漢。

祖籍紹興的夏婕，祖父曾任湖北省法院官員，他迷漢劇、楚劇（花鼓戲）、捧戲子，經常流連在外，夜夜不歸家，惹得祖母非常生氣，於是將他逮回鄉間。祖母出身大戶人家，見多識廣，家中經營當鋪、榨房、染房，家境非常富裕，其弟在日本念書時，曾加入孫中山的「同盟會」，

還娶了日本女子為妻，長居日本。祖父回鄉後，便在「私塾」任教，鬱鬱不得志，不到四十歲便逝世了。

「父親倔強狷介，初時被河南焦作工程大學聘請任教，卻逃不過一場又一場政治運動的煎熬，他被指令到洞庭湖附近一個名為官塘驛的小地方，在採石場工作。」夏婕說起往事，仍然激動。

「起初在那裏修鐵路，但他太書生、太文弱，扛不動枕木和鋼軌，老是受傷。幹了一兩年，轉去採石場炸石頭、打石頭、搬石頭……有次不幸炸傷了眼，剛巧革委會中的『頭頭』，是他早年的學生，讓他到採石場子弟小學教書。」她繼續說。

從軍中教官、報社總編輯、工程學院助教、小學校長……一級級下降，職業的轉換，概括了他的一生。

「父親遭清算批鬥時，總是垂眉折腰，默不作聲，他是軍人出身，服從性很強。他多希望我是個兒子，可以繼承父業，也要求我對他徹底服從……」夏婕的聲音，愈說愈低。

父親順理成章成了女兒的啟蒙老師，由三歲開始，便教她唸詩詞歌賦。

她的藝術品味，就來自父親自幼的培育。

「一個太陽，一池水，兩棵柳樹三隻鵝，四座山，五隻大雁天上飛……」父親的一幅畫，有山水、禽鳥、顏色、數字……對她影響尤深。

「可惜，那幅畫在文革抄家時燒毀了！」

「我的學養，一半來自父親，另外一半，分別來自學校和自學……」抄家之前，她看過很多父親的藏書，最喜歡的一本是《隨園詩話》。

好山好水好地方

夏婕自小的忍耐力，亦來自父親的身教言傳。

「再辛苦也能熬過去」成了她的座右銘！

在武漢念中學時，她是田徑隊隊員，怪不得她的體質那麼好，能熬得過下鄉的歷練，也可以在日後的歲月，孤身上路，東闖西闖，去新疆、內蒙、西藏……

文革時，夏婕因為寫「日記」，以打油詩表達個人的思想感受，也捱過批鬥，在昏黃的燈光下，農工原本熟悉的臉孔突然變得猙獰，她也默默地撐過去。在農場，她目睹過兩派──「新疆造反兵團」與「八一野戰軍」互相攻擊，也親眼看到了知青因武鬥而死。

在新疆那些年，置身零下四、五十度的惡劣環境中，

她曾試過挑着沉甸甸的「水泥板」，深夜步行十公里……一路走來，她安之若素，默默苦幹。

她身邊的《唐詩三百首》被偷走，只好閱讀范文瀾寫的《中國通史》，還是初版的本子。

開會時背不到「老三篇」，便選擇讀報紙……夏婕很聰明，懂得靈活變通，運用迂迴的方法保護自己。

五年後，1971 年，她被分派往湖北省崇陽縣洪下竹木簰運站，在江西、湖北、湖南交界的山區，在那個三面環水的深山小山岬裏，她當上了會計。

「那是個好山好水的好地方，女孩子也美！生活中處處是學問，我在那裏學會了好多好多。當地的老百姓，對我很好。裁縫店內患小兒麻痺症的少女曾教我做衣服……」夏婕説來，不無感慨。

在八十年代時，她重回舊地，當地人的生活依然貧困，仍純樸可愛，少女已作人婦，見到夏婕，兩人相擁在一起，又哭又笑……説不出的親切。

「在那裏，奇花異草特別多，黑色的蘭花，你見過沒有？紅蕊、綠根，好美！在那裏，每逢月夜，我逆水划竹簰外出，累了，放下雙槳，隨水飄蕩，任由流水把我送回起點，看山、看水……」恍如世外桃源般的鄉居生活，我

聽得悠然神往。

　　如此這般，夏婕在崇陽生活了四、五年。

勇闖天涯不是夢

　　1975 年，夏婕申請來港，兒子才三歲。到港後，為了生計，她初時在製衣廠當女工，幹的是自己不喜歡的工作。過了幾年，女兒出生後，機緣巧合下，她開始寫稿。她曾以不同的筆名，日寫萬字，是名副其實「煮字療飢」。

　　除了在多份報刊雜誌寫專欄外，她還當過編輯，在「文采坊」編書，也編過《文化焦點》——香港第一份免費贈閱的文化期刊，跟古兆申、陳輝揚、魏月媚是同事。

　　自 1982 年，夏婕便開始浪跡天涯，她說：「旅行，是為了尋找自己的夢，也因為生活苦悶，我生性好動，老是不能安坐家中。」她揹着行囊，獨個兒走遍天山南北，新疆之後，不到一年，又跑到內蒙古去！

畫家陳雅丹速寫夏婕

　　她曾橫越六大沙漠，行走大城小鎮，寫過不少風土人情和旅途奇遇，成為大受歡迎的旅遊作家。一個單身女子，置身偏遠地區，混在民間行走，不免引起人家懷疑，她曾受到公安的審查和監視，更被公安局軟禁，隔離審查十多天。

　　隨後，夏婕又往西藏出發，這個努力將幻想變成現實的女人，不住的向自己挑戰。她獨自前往西安、蘭州、酒泉、敦煌、阿克塞、烏魯木齊，由塔克拉瑪干的西北面到葉城，再乘順風車經新藏公路翻過崑崙山……

　　「我花了三天翻越崑崙山，經過一個叫『死人坑』的地方，頭痛欲裂，高山反應令我寸步難移，每走一步，都好像踏在棉花上面。翻過『死人坑』後，我越過了界山達坂（石碑），到了西藏的邊界，一個與尼泊爾相鄰，神秘而偏遠之地阿里。」到達西藏阿里的首府獅泉河後，她還到過了古格王國，這個弘揚佛教的古

老王國，曾經是中世紀西藏西部勢力最強大的王國。1630
年，由於國內原有的宗派之爭，加上西方傳教士的進入，
引發了動亂和戰爭，王國最終徹底毀滅，都城亦淪為廢
墟。多年來，古格王國一直受到歷史學家和西藏學專家所
關注。想不到，夏婕憑着個人的勇氣和毅力，終於找到了
這個荒原古國遺址，目睹歷史留下的奇蹟！

　　一步一腳印，夏婕在西藏逗留了半年，到處採風探
勝，遇到不少奇人奇事，她將旅途上的種種見聞，連同追
尋古格王國的經過，寫成了《西藏筆記》一書，在 1991 年
出版。台灣的柏楊翻閱此書後，便手不釋卷，從中午看到
深夜，對她的才華「拍案稱奇」。

　　不喜歡做夢的夏婕，把「喜歡變作了現實」。

情牽「灰藍色地帶」

　　1987 年，夏婕為了採訪中國科學家在南極考察的實際
情況，於是飛到南美的智利，與中國南極考察隊會合，登
上「極地號」，直闖人跡罕至的南極長城站。「在那裏，我
喜歡跟當時的考察隊員在一起，看他們如何取冰樣、看企
鵝……」當時的生活，直教她回味無窮。

　　接着，她跟隨「極地號」科學考察船回航，冒着極

地風雪的肆虐、德雷克海峽連綿浮冰的阻隔,來到阿根廷⋯⋯,然後橫渡大西洋、印度洋,抵新加坡⋯⋯再經太平洋,返回青島,全程七十多天。

「我每天都寫下在長城站和船上的見聞,寄回香港發表。」她將航程中的艱難險阻、枯燥寂寞的生活,與船員同舟共濟的情境,都一一記下。1988年,夏婕將南美的風土人情、神秘的古瑪雅文化、千年冰封的南極真相,以及七十多天航程的經歷,分別結集成《向南極之一 ——南美‧南極》及《我也環球》兩書。

夏婕提到其中最驚險的一幕,就是從大西洋到好望角的一段航程。所謂「好望不好過」,他們遇到了來自四方八面風暴的夾擊,船不能泊岸,只能逗留在海上,在驚濤駭浪中,考察船的搖擺度超逾三十度。幸而,他們遇到一位了不起的船長——「他堅毅、勇敢、沉着,讓船以風速同樣的速度向前走⋯⋯如此,搖搖擺擺,歷時八天才得以脫險。船上所有的船員,都一齊起舞,慶祝大家可以逃出生天。」她娓娓道來,嚇人的滔天巨浪仿似在眼前湧現。

夏婕終於能環球航行了，可惜，卻留下了遺憾，她的父親在考察船返抵青島前三天，不敵癌魔，撒手塵寰！

難忘的不單只是旅程，教她畢生難忘的是船長，思君憶君，魂牽夢縈。激情過後，在 2009 年，她將船長與「我」的故事，經過藝術加工，寫成了《灰藍色地帶──船長與我》一書。

「他是我遇到的一個──最令我難忘的男人，他對我的好，我一輩子，甚至幾輩子也不會忘記……」因為船長有家，兩人發乎情止乎禮，然而，「他和我的經歷，他對我的好，給他造成了終身的傷害。」從此，船長給戴上了「三不准」的緊箍咒──「不准坐船、不准出海、不准出境」，說到這裏，夏婕低回不已。

為甚麼要將自己的故事寫出來？她告訴我，這是導演謝晉的忠告──「不想死後再『死』一次，就要在生前將自己的事一一道說出……」與其死後給人抹黑，倒不如在有生之年，將事情痛痛快快交代清楚，張愛玲、三毛就是活生生的例子，離世後還給人說三道四，多可悲！

夢縈「宋五大名窯」

「父母給我一副不羈的野性，慫恿我孤身隻影，一步

又一步，穿過無人區的曠野，金沙江、黃河……南美北美、歐亞大陸……」自南極歸來，夏婕仍未停下來，繼續尋覓她的夢。

1988 年夏天，夏婕開始尋訪宋代名窯的遺址，她先到景德鎮，經上饒到浙江龍泉縣，隨後第二年前往河北省曲陽（古定州）、禹州（古鈞州）、汝州……

「定汝官哥鈞」，五大名窯的古窯址全給她尋到了。

夏婕說：「當西方還在玩泥沙時，唐代的陶瓷已是對外貿易的重要商品了。」到了宋代，一件件精美絕倫的宋瓷，令中東、歐洲，以至埃及的王室巨賈為之傾倒不已。

「定州花瓷琢紅玉」寫定窯；「雨過天青雲破處」寫汝窯；「釉色如玉泛如波」寫官窯；「龍泉哥窯出極品」寫哥窯；最後，「出世萬采在鈞窯」寫的自然是鈞窯。夏婕在《渡》這本圖文冊中，開首第一章，便詳詳細細地介紹了咱們中國宋代的五大名窯，一座座古窯址的背後，藏着多少教人嚮往的故事。

水清揚波話《滄浪》

1993 年，夏婕與中華文化促進中心的廖志強合作，舉辦了「九三文學創作班」的「小說坊」，供年青人參加，

雖然學員只有十多人，但導師眾多，有黃繼持、古蒼梧、璧華，以及王安憶等名家助陣。

就因為「小説坊」，牽引出「香港青年寫作協會」，協會成立於 1994 年，出版文學雜誌《滄浪》，免費公開發行，為年輕人提供一個可以繼續寫作的平台。《滄浪》不定期出版，斷斷續續出版了 26 期。

1998 年的夏天，協會與中國作家協會魯迅文學院聯合舉辦了第一屆「文學進修班」，由協會主席夏婕，帶着 22 名來自香港社會各階層的年輕學員，到北京去，開始了為期兩周的「98' 文學進修班」。那是一個「集訓」式的課程，每天上午上課，導師有八位之多，包括鄧友梅、蘇叔陽、王璞等著名作家；下午是文化活動，安排學員參觀故宮、看展覽、看京戲、聽大鼓書……

縱使得到藝術發展局的資助，但夏婕也得自掏腰包，盡心盡力籌辦這個活動，組織過程之艱辛，箇中的苦況，實不足為外人道也。

可是，就因為得到藝發局撥款資助，夏婕竟被廉政公署請去喝咖啡，清者自清，最後雖然沒事，但她因此卻大受打擊，打消了策劃第二屆進修班的念頭。

事過境遷，至 2002 年，協會出版了《北京 23+8》，

這是一本包括了八位老師精心撰寫的講稿,加上學員習作的合集。另外,還從《滄浪》前十二期三百多篇作品中,精選一批優秀之作,編成了散文隨筆詩歌集《日出前的檸檬》和小說集《半桶水加半桶水》,三本書全由夏婕主編。

閒居古城說《飄泊》

自 1993 年,兒子森梅往法國南部普羅旺斯念書後,女兒貝比又到美國升學,供書教學,夏婕的負擔可不輕。她幾乎日以繼夜,不斷寫稿,除了在香港發表,亦刊於《台灣日報》、《明道文藝月刊》等報刊。

每日睡眠不足五小時,她的眼睛,可能就因為這樣熬出病來。

1999 年,她毅然放下香港的一切,遠走法國,從此香港、法國兩邊走。

「那時在香港,天天寫專欄、影評、訪問。每周在電台開咪,做第五台的普通話文化節目。」日日如是,未免太累,於是,她想停下來,讀書去,開展新的生活。

何以選中了法國?

「兒子森梅在法國結婚,娶法國女子為妻。我飛去布列塔尼公爵堡(Chateau des Ducs de Bretagne)的所在地南特

（Nantes），沒參加他們的註冊婚儀；翌年才出席他們家族在教堂舉行的婚禮。」此後，她喜歡了「志得意滿」的南特。

「我一直沒有畢業證書，打算到法國念大學，讀人文學科。」她計劃到南特大學讀書。

每次出門，她總會帶一些書同行，例如乘坐「極地號」時，陪着她的是《六一詞》、《陶說》和《隨園詩話》。這次來南特，她帶來的是《全元詞》、《長生殿》、《牡丹亭》、《桃花扇》，以及《孔子與毛澤東》。

在南特，她租了盧瓦赫（Loire）河邊一座三層高樓房的公寓住下來。她本來預備先學法文，然後再進大學念書。豈料抵達當地後不久，便生了一場大病，被迫退學。

其後，她搬到宛納（Vannes），一個人口不足五萬的古城去。在老城內，她租了一個房間，一住便是五年。她是城中唯一的中國人，不管是街上的流浪漢，還是路上遛狗的人，人人都認識她——「我到公園去，他們都叫得出我的名字。」

她嘗試找遍全城，買不到一把中國刀，卻跟刀店老闆交上朋友。「人與人的交往，語言只是一種方式，以笑容溝通，無往不利。」信焉！

在人地生疏的環境中，她不斷自修學習，往圖書館找

資料，認識法國的文化歷史，漸漸愛上了這座古城。

夏婕將自己在中國的經歷，加上在法國的見聞，再融入藝術想像，寫成小說《飄泊》。這是一個穿梭兩地、雙線並行發展的傳奇故事——「在人間飄泊的『我』，帶着《蓮雲的故事》……相干和不相干的點點滴滴，連成一條猩紅色的線，穿過中國百年歷史。」

宛納的夏天，有不少遊客來度假，市面一片熱鬧，但春秋兩季卻很寧靜，冬天則寒冷而蕭殺。

夏婕是一隻候鳥。冬天，這裏又濕又冷，她飛回香港過冬，照顧年邁的母親，春天才回到法國去。

林中古堡日月長

夏婕的媳婦墨縷是貴族的後人，家族血脈甚至可追溯至法王路易九世。她家原是一所建於十四世紀的古堡，位於法國西部布列塔尼（Bretagne），只有三、四千人口的鄉下小鎮 Surzur 內。那時，古堡的堡主，正是親家「老巴」夫婦。

2003 年，恰巧古堡內有位長期租客，死於異鄉，騰空了一個房間，夏婕決定搬進古堡居住。

她，入住古堡莊園主樓的頂層，有兩個房間、獨立廚廁；她，還擁有一片菜田，辛勤開墾，努力灌溉，種植

老巴的莊園

老巴的莊園

生菜、豆角、西葫蘆和黃瓜，土豆、南瓜、番茄、大蒜、扁葉蔥；還有草莓和香草，迷迭香、薄荷、鼠尾草、羅勒、香蜂草和月桂……

她，彷彿找到了「桃源鄉」。

夏婕，在這裏潛心寫作，先後完成了幾本書，包括旅遊文學、散文和小說。接連出版的，有《在旅途一個點上停留——隱居法國小古堡的日子》、《達文西說：無人將化為虛無——蕩漾在盧瓦赫河畔的故事》，還有《那個築建北京城的人好孤寂——金蓮川上的傳說》，一部長達七百多頁的歷史小說，寫宋末幫助蒙古人立國的名臣劉秉忠和他身邊七個女人的故事，反映了十三世紀中國的歷史面貌、地域風情……

夏婕自詡這是她寫得最好的一本書，也是最喜歡的一部作品，花了不少心血蒐集資料、翻閱古籍，花了好幾年時間才寫成。

這個古堡，除了「老巴」夫婦外，還有他們的大女兒和女婿，以及「一個五十多歲，彈豎琴的女子細安」。

年紀漸長，她的視網膜開始出現問題，視力日漸衰退，「古堡入黑後，我還外出，讓堡主兩老好擔心。」談到眼睛的毛病，她嘆了一口氣。

她，仍然堅持寫作、看書。

在古堡內，黑蝙蝠偶然會飛過，土撥鼠、野雞、蜘蛛都是她的芳鄰。

「我在田裏種菜，常常被蜘蛛咬到。這裏，是寫作的好地方，大清早便被鳥兒吵醒⋯⋯」好景不常，2014 年夏天快要結束，堡主突然病逝，業權變動，租客陸續搬走，夏婕是最後一個。「2015 年 3 月羅卡等人到法國找我，拍攝華人作家系列二的《法國的旅人》。」她在 5 月下旬搬出，先搬到兒子居住的城市暫住。

回顧莊園的生活，夏婕說：「這是我旅途中最快樂的十年！」她發現自己喜歡大自然，花草樹木，還有種植，當然，讀讀寫寫仍是她最喜歡的主業。

在莊園生活期間，不少朋友去探訪她，「除了丁新

豹、陳萬雄、張倩儀，還有蘇狄嘉離職後也拖着行李箱來
訪，作家王璞，住在溫哥華的許行老倆口，大陸作家方方
等都來過……」，她逐一道出，可說往來無白丁。

離開古堡前，她寫的最後一本書，是《菜鳥種菜——置
身大自然筆記》，總結了她大半生的經歷，道出了她對自然
界、人間世的種種觀察和感想。出版此書時，就因為太重
視文字，她在電腦熒屏上校對四十多萬字的書稿，結果，
導致視網膜內出血，弄壞了眼睛。

那年的秋天，她前往紐約探望女兒和女婿，眼疾無端
病發，要立即動手術。

她目前的視力，比發病前差一點，但比發病時好一
點。醫生叮囑她遠離電腦屏幕，以免刺激眼睛。

此心安處是吾家

這次回港，她主要是為了看中醫，希望中藥有助眼
疾，至少令視力不會繼續減退。由於視力只剩下兩成左
右，晚上外出，她總要抓住朋友的手臂，才有安全感。

留在香港半年，她跑到尖沙咀去看中醫，定時服中
藥，主要是想將來能繼續讀讀寫寫。「我還有很多計劃，我
有一部小說沒寫完，而且，我好想去印度……」她的女婿

夏婕在莊園

是印度裔，而且帶有希臘和意大利血統。

「森梅有兩個兒子，貝比也有一個兒子。我已有三個孫子，都是混血兒。」她瞇眼笑着説。每天晚上，她都要跟孫兒通電話，然後才去睡覺。

我們邊喝茶，邊聊天，從三時半到九時半，談了接近六個小時。末了，她還告訴我一個小故事，那時她三歲，父親把她叫到跟前，拿出一幅畫，旁邊寫上一首詩：「鵝鵝鵝，曲項向天歌。白毛浮綠水，紅掌撥清波。」下書——「給婕兒」。這是駱賓王的〈詠鵝〉，也就是父親送給她的啟蒙詩。

「我成為職業寫作人的動力，完全來自父親。」夏婕一再強調，父親是她的恩師，沒有父親，就沒有她。

離開餐廳後，我倆緩緩步向柴灣地鐵站。

夏婕抗拒錄音，我只好邊訪談邊筆錄，揮筆直書五個多小時，已累得要命，眼睛幾乎睜不開。

在車站道別，我不放心她獨自回家，想「叫」的士送她回去。可是，夏婕堅持要散步回家。「這是我最熟悉的路，走了半輩子，完全沒問題。」好一個倔強的女子！

回家途中，坐在地鐵內，我忍不住給她發了個 WhatsApp，很快便收到回音：「你到家了？這麼快？我已

夏婕與三毛合照

夏婕與白樺（中）、鄭啟明（左）合照

平安歸家，能獨自慢慢行，滿心歡喜。」

　　兩天後她便飛回紐約去，為的是眼睛需要覆診。稍後，她會返回法國，然後，她會再回到香港來。「我的根在香港，香港有我的家，我一定會回來！」她如是説。

　　早在二十世紀八十年代初，夏婕就被人形容為「一個很特別的女人」。

　　像她這樣的一個女子，難怪「船長」會愛上她！

---

* 　頁 1、3、7 圖片，由「灼見名家」提供；頁 8、10、17、18、20、22、24 圖片由夏婕提供。謹此致謝。

夏婕簡介

夏婕，湖北武漢人，1975 年來港後，一直從事寫作及編輯工作，曾擔任香港電台節目主持人十多年。她對世界充滿好奇，酷愛文化旅遊，足跡遍及中南美、北美、歐洲等地；孤身隻影穿行中國邊疆僻壤，深入中國六大沙漠，尋訪中國宋代五大名窰遺址……曾訪問南極長城站，隨中國遠洋科考船的首次環球航行，在海上生活近七十天。為早期數次環繞塔克拉瑪干沙漠，向外界報道新疆天山南北、蒙古草原荒漠、西藏阿里無人區等地概況的香港作家。1999 年，她辭去所有工作，遠赴法國，潛心寫作、種植，期間寫成多部歷史小說、遊記。著作有《漫漫新疆路》(1983)、《拉薩‧蜀道》(1987)、《渡》(1998)、《飄泊》(2003)、《西藏筆記（增修版）》(2009)、《在旅途一個點上停留——隱居法國小古堡的日子》(2011)、《那個築建北京城的人好孤寂——金蓮川上的傳說》(2013)，以及《菜鳥種菜——置身大自然筆記》(2015) 等近三十種。

國史教育中心（香港）邱國光攝

從藝術到歷史
從歷史到教育

丁新豹專訪

《香港歷史散步》書影

　　我是博物館的常客，早就聽過丁新豹的名字，那時，他還是香港歷史博物館總館長。

　　2008 年，看了他主編的《香港歷史散步》，才知道他經常「帶團」，遊覽香港的歷史古蹟。

　　「千里之行，始於足下」，漫步街頭之餘，可學習歷史，正是歷史散步的意義。探索學問的道路，也可作如是觀。

　　正式認識他，卻在 2011 年。

　　那一年，適逢辛亥革命 100 周年，為了紀念這場轟轟烈烈的革命，三聯書店以「走進清末革命現場」為主題，邀請丁新豹精心策劃了一系列的考察路線，並親自擔任隨團導師。這系列的文化遊，共分四條路線，主要是追隨孫中山先生的步伐，從他的出生地中山開始，到廣州、武漢，然後是上海、南京，遠及北京、天津。

　　正值復活節假期，為了尋訪孫中山的足跡，我參加了路線一：「中山·珠海」。隨着丁新豹，我們走進中山故居紀念館、陸皓東故居……

　　猶記得，路上怒放的紅棉，熱烈地燃燒着，將整片天

空染得火紅。

　　丁新豹是著名學者，專門研究香港和珠江三角洲等地的歷史，而且是說故事的能手，他莊諧並重，雅俗共冶一爐，故廣受歡迎。「文化遊」的資料這邊廂剛上網，那邊廂便告額滿，可見他的「粉絲」眾多，想當「豹粉」，也不容易。

　　自退休後，除擔任「文化遊」的導師外，他還研究歷史、寫書，在中大歷史系任客席教授，而且經常作公開演講，甚至會親身帶隊遊香港、說故事。此外，又不時為公務員培訓處當講座嘉賓，講香港的街道與歷史、「一帶一路」的歷史……

　　他人緣極好，而且來者不拒，故忙得不可開交。

　　早就想訪問丁新豹，他也答應了，但「檔期」難求。

　　踏進 2018 年，終於約到這位「大忙人」做專訪。

　　就在 1 月 18 日這天的下午，坐在香港公園的樂茶軒內，鳳凰單欉的香氣氤氳着，我們邊喝茶、邊聊天……那天的樂茶軒非常熱鬧，竟碰到了軒主葉榮枝先生。

緣結藝術復何求

丁新豹 1974 年畢業於香港大學,隨即留在母校念碩士、兼任助教。1977 年,他曾到香港藝術館做了九個月的臨時工。完成碩士論文後,在 1978 年 9 月,他進了「慕光書院」任教,他很感激當時的校長杜學魁先生聘請他,但只當了三個月老師,他便接到藝術館的聘書。

他在大學念中文系時,曾修讀美術考古,中國繪畫、雕塑、陶瓷、青銅器等藝術,讓他大開眼界,於是決定加入博物館工作。

「我投考了藝術館三次,最後才成功入選。最有趣的是與自己師兄弟競爭,頭一次輸給師兄,第二次輸給師弟⋯⋯」他毫不諱言。

面試的過程全用英語,頗具挑戰性,不單要辨認一幅畫,出自誰的手筆,一眼要認出某人風格之餘,還要道出風格的傳承⋯⋯此外,另須就一件最冷門的器物,如青銅器,考驗眼力識見,說出那是甚麼。

皇天不負苦心人,他考了三次,終於成功。「但接到

聘書後，我感到很猶豫，因為正在教書，後來終於下定決
心，朝個人的興趣發展。」丁新豹笑着說。

他還記得，1979 年 1 月 2 日正式到藝術館上班，擔任
助理館長。

藝術館當時還在大會堂高座，辦事處在九樓，畫廊
則設於十、十一樓，展品大部分都是書畫、陶瓷、青銅器
等。他們的展覽主要分為中國藝術和西洋藝術兩大類，丁
新豹被分配到「中國藝術」部分，主要負責「歷史繪畫」。

那些年，中國人對於「歷史繪畫」的研究，幾乎等於
零，他一頭栽進去做研究，做得不亦樂乎。

歷史繪畫乃十八、十九世紀，外國人或中國人所畫的，
畫中呈現的大多是當時廣州、澳門、香港等商埠的情景。

「我研究歷史繪畫，逐漸對珠三角地區的近代史產
生興趣，便着手探討香港開埠初期，華人南遷來港的社
會。」怪不得，他後來的博士論文，研究的正是 1841-1870
年間香港早期的華人社會。

在丁新豹眼中，「畫」也成了研究歷史的工具。

「從藝術作品中，可發掘到很多歷史資料，例如畫中題跋，已提供不少有關歷史的線索。」丁新豹指出，清代廣州名家如嶺南畫派的居巢、居廉等，他們的作品，跟歷史繪畫，亦不無暗合之處。

「中國藝術的歷史成分較重，畫中帶有時代的烙印，例如揚州八家——清乾隆年間寓居江蘇揚州的八位畫家，他們了解民間疾苦，不墨守前人陳規，破格創新，抒發真情實感，風格與晚明小品十分相近。」丁新豹分析精到，愈說愈詳細。

在文學方面，明中葉流行「臺閣體」，但晚明的公安派卻主張「重性靈、貴獨創」，崇尚素樸自然，作品清新俊逸。晚明文人追尋創意和個性，而江南文人的園林設計，亦主張順應自然、師法自然，重視「創新」，注重園林的空間感，強調天人合一，與畫家的藝術取向，亦相當一致。

「明末清初的畫家，如『八大山人』朱耷，他的作品亦多寄託，反映時代脈搏，滲出歷史氣息。又如陳洪綬，以畫人物見稱，風格古拙，創造出特立獨行的藝術風格……」他娓娓道來，如數家珍。

談到陶瓷藝術，亦與歷史多所聯繫，不同的朝代，有不同的特色和風格。五大名窯「定汝官哥鈞」中，丁新豹

最欣賞的，是北宋的汝窰——「雨過天青雲破處，這般顏色作將來」，凡對陶瓷有一點點研究的人，對這句話肯定不陌生。

「我們讀中國文學，亦會涉及歷史，以及儒、釋、道等哲學思想，卻一直忽略了重要一環——美術。中國藝術反映了哲學、文學，亦帶出歷史背景。古代的畫家，大部分是文學家，例如蘇軾，詩詞文俱佳，書畫亦精。中國文人的文學與美術修養，是分不開的。」丁新豹念的是中文系，讀過文、史、哲，還有美術考古，他認為這幾項範疇拼合在一起，就是「文化」的整體！

在這段期間，令他印象最深刻的展覽有兩個。其一是荷蘭代爾夫特瓷器展覽。荷蘭的瓷器與中國有很深的淵源，十六世紀末，代爾夫特的陶瓷業者，開始仿造中國式青花瓷，經改良後，發展出獨具一格的「藍瓷」（Delft Blue），顏色以藍白為主，一直被視為荷蘭的國寶，對後來歐洲陶藝的發展影響甚大。

另一是「拉斐爾前派」的繪畫，由英國伯明翰藝術館借出展品，這批十九世紀寫實主義的作品，文學性甚濃，大多數畫作的內容，源於莎士比亞、但丁、坦尼森等名家之作，並以詩意的方式寫實地呈現出來。

從邊疆到香港地

　　一直以來，丁新豹對邊疆民族都有濃厚興趣，他的碩士論文正是《拓跋族漢化新探》。他認為胡人漢化，是為了統治漢人。

　　「我們往往以漢人的視角看歷史，強調胡人的漢化，從而忽略了漢人也會吸納不少胡人的文化和生活習尚，例如『胡床』、『胡坐』的引進，便徹底改變了漢人席地而坐的習慣。此外，西方技術如製糖、製玻璃、醫藥的引入，也提升了漢人的生活水平，胡樂、胡舞、胡人樂器、繪畫技法、佛教造像的輸入，亦豐富了漢人的文化生活。漢、胡之間，農業民族與草原民族之間的文化交流，根本一直就存在着。」論及胡化、漢化問題，他明確地提出了自己的看法。

　　對於華南史、香港史的興趣，丁新豹早在研究歷史繪畫，已開始萌芽、滋長。

　　他寫博士論文時，主題便轉移到香港本土的研究——《香港早期的華人社會：1841-1870》，「我寫的是十九世紀的香港華人，參考了新加坡學者研究華人社會的書，研究那段時期，內地人來到香港後，如何 settle down ？」他笑着說。

　　香港社會的華人，跟南洋社會的華人有所不同，廣州

《善與人同》書影

人佔絕大多數。早在 1843 年，香港已禁絕「三合會」。港英政府與清政府之間，彷彿已有某種默契；而南洋，則遲至十九世紀末，才宣佈「三合會」是非法的。

自 1860 年《北京條約》之後，中國開放了多個港口，而清政府亦要求在馬來亞及新加坡等地設立領事館。可是，在香港，雖然英國外交部已同意，但由於殖民地部門的堅決反對，於是拒絕清政府在香港設立領事之要求。

事實上，東華三院自 1870 年成立以來，就一直扮演了「中國領事」的角色，處理華人的事務，還肩負了醫療、教育的責任，堅守安老、扶幼、導青等承諾。丁新豹曾著《善與人同：與香港同步成長的東華三院 (1870-1997)》一書，寫的就是東華三院發展的歷史。

鑑古知今説歷史

丁新豹在香港藝術館工作了九年，至 1988 年才被調往香港歷史博物館。

香港歷史博物館在 1975 年成立，最初的館址設於尖

饒宗頤教授與丁新豹

沙咀星光行，1983 年才搬到現時九龍公園九龍探知館的位置。當時，他策劃了第一個「香港故事」展覽，「那只是個『袖珍版』而已。」他輕描淡寫地説。

「八十年代已與內地有很多合作，不時北上洽談，『六四』時，我身在上海，正與『上博』的負責人商談『良渚文化展覽』的細節⋯⋯最後滯留了好幾天，才乘坐『上海號』輪船回到香港。」談及往事，他亦感慨萬千。

1995 年，立法局通過建造新的歷史博物館，三年後，新館在尖東啟用。

「香港故事」的展覽是他得意之作──「哎！我做『香港故事』，可謂嘔心瀝血⋯⋯」他説「香港故事館」的設計師是法裔加拿大籍人，平實中可見其創意。

「香港歷史博物館，重點當然是介紹香港發展的歷史，但這與華南史又息息相關，還要旁及鄰近的廣東、廣西、福建、江西、湖南⋯⋯」箇中甘苦，真是難以逐一細説。

1995 年，他當上香港歷史博物館總館長。

「從 1996 到 2001，是我最辛苦的幾年，新館相繼成立，最先是 2000 年的『香港海防博物館』，接着，便要開始籌建『孫中山紀念館』。」

丁新豹在任內，策展甚多，每逢策劃一個展覽，他就研究一個新的歷史課題。展覽之中，最難忘的主要有兩個。

其中一個是 2003 年的「學海無涯」。展覽以七個不同主題，扼要地講述近代中國留學生的發展史，此外，更重點介紹了多位出類拔萃、家傳戶曉的中國留學生，包括留美的容閎、詹天佑、胡適、楊振寧；留法的徐悲鴻、周恩來；留英的徐志摩、朱自清、錢鍾書；留日的魯迅，以及留學多國、曾在香港大學擔任客座教授兼中文系主任的陳寅恪等。

可惜這個展覽叫好不叫座，可能與宣傳不足有關。

第二個是 2004 年的「秋獮懷遠」，透過承德避暑山莊珍貴的文物及實物，讓觀眾可從展覽中窺探清代軍事、宗教、外交及宮廷的生活面貌。為了推廣這個展覽，他們辦了一個「問答比賽」，而且得到了「金至尊」贊助，首創

政府機構與商業團體合作的先河。

談到孫中山紀念館，丁新豹說：「在 2000 年，市政局最後一次會議中，議員陳財喜提出建議，成立此館，而且獲得通過。」當時，最傷腦筋的是找地方建館，結果政府看中了「甘棠第」，由當時的民政事務局局長何志平拍板，斥資購入，成為理想的館址。

「由於孫中山是國父，地位崇高，眾皆敬仰，結果全線『開綠燈』，不到幾年，便創立了紀念館，這是一個奇蹟！」丁新豹說起來，仍眉飛色舞。

為了蒐集相關的資料，丁新豹曾到倫敦，在 Welcome Trust 基金會內，找到孫中山在香港西醫書院就讀時的老師康德黎所捐出的遺物。文物之一，就是孫中山的畢業試卷。他猶記得，將試卷捧在手中的感覺，他歎道：「有點疑幻似真……實在難以想像，有一天會拿着國父孫中山，一個偉人的試卷。真的很震撼！」丁新豹說起往事，恍如墜入歷史的塵網中。

每個展覽都是一個歷史課題，也可以說是一個成果。

孫中山紀念館於 2006 年 12 月 12 日開幕，2006 年底，丁新豹退下來，自言是功成身退。

臨別秋波，在 2006 年的 6 月，歷史博物館與英國國家

足球博物館合辦大型的「足球」展覽，與市民回顧足球的歷史。他自承「Timing 不好，展覽在世界盃前舉辦最好，卻安排在曲終人散後，看的人不多，真可惜！」眾所周知，丁新豹熱愛足球，如今説起來，他的臉上，仍流露出惋惜之情。

情繫教育不言休

退休，只是轉換了一個工作平台而已。

「退休後的生活更充實，我不想投閒置散、浪費生命。」丁新豹斬釘截鐵地説。

他不時遨遊四方，到處去探索歷史，著書立説，還在中大當客席教授，教「香港史」、「博物館學」……。除歷史系的學生之外，旁聽者大不乏人，我也是座上客之一。

此外，他亦有帶隊作墳場導賞。説起墳場，他興致勃勃地説：「多年來，往墳場蹓躂是我的業餘興趣，起初只集中於跑馬地……」後來，他的足跡遍及港島、九龍與新界。「每個墳場都有一段歷史，而香港的墳場，其內容的豐富，出乎一般人想像之外。」

我也曾隨團，跟着他參觀過香港墳場、薄扶林墳場、猶太墳場……還有專為歐亞混血兒而設的「昭遠墳場」。

丁新豹在香港墳場導賞

不管是烈日當空，還是群蚊狂叮，只見他忘我地遊走於一排排的墓碑間，逐一講解死者生前的故事。「在香港的墳場裏，不難找到中國近代重大歷史事件的見證，也有與世界歷史息息相關的⋯⋯」

雖置身墳場，卻恍如坐在課室內聽故事、學歷史，好充實！

他認為「行墳場」最大的樂趣，就是有所發現，印象最深刻的一次，是在荃灣華人永遠墳場，他「找到了唐滌生、余東旋，以及『獨腳將軍』陳策的墓。陳策當年跟孫中山搞革命，打過日本仔，與香港息息相關⋯⋯」

就在 2011 年，他將香港與辛亥革命有關人物的墳場資料加以整理，編成《香江有幸埋忠骨：長眠香港與辛亥革

《香江有幸埋忠骨》書影

《非我族裔》書影

命有關的人物》，那是一部極好看的書。

退休超過十年，他愈活愈精彩，已出版了九本書，《非我族裔：戰前香港的外籍族群》於 2014 年底面世。「香港從來是踏進中國的橋頭堡，外國人在香港其實都不是為了香港，而是為了中國這個龐大市場。」他認為研究「非我族裔」，可以更加明白香港在歷史上擔任的角色，同時也令他憂心香港未來的發展。

這本書出版後，近幾年來，他忙得不亦樂乎，完全沒空坐下來寫書。大部分時間，他都花在遊覽參觀方面。談及「文化遊」，他「鬼馬」一笑，說：「其實十多年前，我已不時帶隊北上參觀，帶外國人遊中國……」

退休之後，他外訪之地愈來愈多，從東南亞到中亞；從南、北韓到日本；從印尼到緬甸；從內蒙古到外蒙古；從歐洲到非洲……

提到近年的導賞團，他告訴我：「2017 年的暑假，領着一群來自二十多所中學的學生，到中亞烏茲別克去，全程八天，至今難忘。」

二〇一五年丁新豹在蒙古

他們乘飛機到哈薩克的阿拉木圖，先參觀了東正教大教堂，然後轉機往烏茲別克的首都塔什干，再開展行程。塔什干之後是撒馬爾罕、布哈拉。

他仍記得在布哈拉的晚上，大夥兒圍在一起交流分享——談讀書、說就業、討論人生……

「這個團，除了帶這群學生，走進中亞的世界，認識了伊斯蘭的文明，令他們了解到傳媒對信奉伊斯蘭教國家的報道並不全面，還讓他們知道『喜歡歷史，不是孤獨的』。」他們的世界，從此變得不一樣。

「大家秉燭夜話、觀星星、看日出……好浪漫，彷彿回到了學生時代。」談到這次參觀活動、這班年輕人，丁老師眼神流露出來的滿足，好有感染力。

除了中學生，他也帶過理工的師生，以及中學老師，往廣州、泉州等地考察。他認為，當這樣的隨團導師，推動歷史教育，更有意義。

他深信歷史不但是知識，也能建構自己的身份認同。

從藝術談到歷史，從歷史談到教育……離開樂茶軒時，天色已昏暗下來。

步出香港公園，穿過太古廣場，走到金鐘的地鐵站，正是繁忙時間，下班的人潮湧現，走在人流中，我想到，

攝於旅途上的丁新豹與作者

香港在百多年前，只不過是個小小的漁村而已，有誰料到，如今繁盛若此。這個大都會，將如何發展下去？

記得丁新豹曾說過：「在歷史上，我看到很多城市的沒落，沒有一個城市可以恆久不變，它的興起和發達，是基於某些主觀和客觀因素，待這些因素消失了，那個城市自然就會沒落。」

「如果有一天，香港變了馬賽、利物浦、威尼斯，毫不出奇。」他如是說。

城市興盛有時，衰落亦有時，一點都不奇怪，真的！

---

* 頁 30、31 圖片，由「灼見名家」提供；頁 27、29、36、37、40、42 圖片，由丁新豹提供。謹此致謝。

丁 新 豹 簡 介

丁新豹，廣東豐順人，生於廣州，在香港長大。1974年畢業於香港大學中文系，其後分別於1979年和1989年在港大取得碩士和博士學位。前香港歷史博物館總館長，任內籌建了香港歷史博物館新館、香港海防博物館及香港孫中山紀念館。現為香港中文大學歷史系客席教授及名譽高級研究員、香港大學中文學院名譽教授、香港歷史博物館及香港藝術館名譽顧問、廣東文史館員，以及衛奕信文物信託等機構的會員，並為香港及內地多所博物館、文化機構的顧問或理事。2012年獲頒香港教育學院榮譽院士及香港大學名譽大學院士，2019年獲香港特區政府授予銅紫荊星章。其研究範疇包括：香港華人社會史、孫中山與香港、近代澳門及廣州、東南亞華僑史等。迄今已出版十多本著作，其中《善與人同：與香港同步成長的東華三院》(2010)及《香江有幸埋忠骨：長眠香港與辛亥革命有關人物》(2011)榮獲第四屆及第五屆「香港書獎」，近作則有《非我族裔：戰前香港的外籍族群》(2014，與盧淑櫻合著)及《情繫調景嶺：二十個嶺上人的故事》(2019，與劉義章等合著)。

皎潔終無倦
煎熬亦自求

魏時煜專訪

先聲

> 愁苦困，賣花過日長有恨，恨不已，名花未得愛護人，血
> 淚落滿襟，故舊不到更傷心，故地不到更傷心，賣花女，
> 賣花更賣罊，紅顏已老，青春已泯，舊恩愛像煙雲。

電影結束前，何秋蘭唱出〈賣花女〉，在淒怨、悲涼、無奈的歌聲中，《古巴花旦》的帷幕徐徐落下。

古巴與花旦，看似風馬牛不相及，其實在三、四十年代，粵劇的種子早就飄洋過海，在盛極一時的夏灣拿，開花結果⋯⋯

自 2011 年開始，導演魏時煜花了六年時間，追蹤何秋蘭與黃美玉這對舞台姐妹的故事。

兩年前訪問羅卡先生（卡叔）時，他提到近年與香港城市大學的魏時煜教授合作，攝製了《金門銀光夢》，還有另一齣，說的是兩個古巴花旦的故事，卡叔任監製，汪海珊（珊姐）做策劃。

跟魏時煜導演相約訪談前，我已看了三次《古巴花旦》。

第一次看《古巴花旦》，是在 2017 年 9 月中旬，那是內部招待場，來看的大多是相識的朋友。相隔四個月，

一對歷經革命的舞臺姐妹
四段穿越時空的粵劇旅程

HAVANA DIVAS

古巴花旦

導演 **魏時煜**　監製 **羅卡**
Director　S. Louisa Wei　Producer　Kar Law

出品人 呂濱　　江玉珊
主創 何秋蘭　黃美玉

藍后文化　香港藝術發展局

《古巴花旦》海報

何秋蘭、黃美玉、魏時煜的古裝照

再看此片，在 2018 年 1 月下旬，是媒體招待場。第三次就是 2 月 11 日的全球首映場。這齣電影很耐看，三次觀影的感覺，都不盡相同，愈看愈感受到其內蘊之豐厚。不同的人，從不同的角度切入，都可以得到不同的感悟和啟發。

從 2017 年 9 月到 2018 年 2 月，相隔五個月，放映的版本已不一樣，導演聆聽了朋友的意見，將電影再作剪輯，到首映那場，已是第九個版本。放映前夕，魏時煜坦言好緊張，好像要面臨考大學「入學試」。

「電影，說的就是人的故事。」

電影，說的就是人的故事，尤其是紀錄片，更離不開「人」。

要談《古巴花旦》，不得不提《金門銀光夢》，這兩齣紀錄片的編導，都是魏時煜。

兩片的內容，原先是放在同一部片子內，說的是海外華人的故事，分為電影及粵劇兩條線索。後來，因為材料太豐富了，於是一分為二：一部談電影，一部說粵劇。

魏時煜跟卡叔合作，緣起 2006 年，當年「美國店主傑克·杜里偶然在三藩市機場附近的一個大垃圾箱內，發現一個裝有四本相簿、上百張劇照的盒子，照片拍於 1928

至 1949 年間」。翻開第一本相簿，扉頁上赫然寫着 Esther
ENG，也就是相簿主人的名字。她是誰？原來就是人稱
「霞哥」的伍錦霞，她 1914 年生於三藩市（舊金山），1970
年在紐約病逝，相簿記錄了她的一生。她成長於一個熱愛
粵劇的家庭，從三十年代開始已活躍於美國和香港兩地，
曾在美國導演華語片，被稱為「中國第一位女導演」，可
說是三、四十年代華語影壇上唯一的女導演。

2009 年初，住在三藩市近郊的藥劑師黃文約先生買下
全部照片，親自帶到香港。得卡叔介紹，黃先生同意魏時
煜將所有照片掃描，然後才捐給香港電影資料館。

其實，早在 2006 年，在南京一個研討會上，魏時煜已
跟卡叔說起，如果有這批照片，便可以考慮拍攝一部關於
伍錦霞的紀錄片。

2009 年夏天，魏時煜飛往三藩市訪問伍錦霞的妹妹錦
屏，同時看到並掃描了伍錦霞最後兩本相簿，記錄了她在
1949 年遷居紐約後，經營餐廳招待伶人、明星，並往返中
南美洲的情形。

2011 年，得粵劇名伶李奇峰（奇哥）的介紹，她再到
紐約訪問跟伍錦霞合作過的粵劇名伶小燕飛、馬金鈴（夏
娃），當然還有奇哥等藝人。

小燕飛

　　藉着參加研討會的機會，魏時煜在 2012 年飛到夏威夷去，訪問吳千里，老先生早就轉行，雖然已九十多歲，精神還很好，人很健談，說起當年的粵劇生涯、戲行往事，仍頭頭是道。

　　伍錦霞的故事，逐漸清晰起來。

　　魏時煜生於山東，成長在西安，在加拿大學電影，本來並不認識粵劇，拍《金門銀光夢》，讓她認識海外華人看粵劇的時代背景，部分訪問片段亦出現在《古巴花旦》中。她坦言自己受母親影響，更愛浙江越劇，卡叔與珊姐才是不折不扣的「粵劇迷」。這次拍攝《古巴花旦》，她覺得「粵劇中包含很活潑的故事，也可以吸收各種文化中的東西」。

「他的興趣，就在我身上成長。」

　　兩位古巴婆婆的故事，亦是一段傳奇。

　　羅卡曾說過，他在網上看到了留美攝影家劉博智所拍的短片《古巴唐人》，其中最令他感到最驚喜的，是片中訪

何秋蘭（右）與黃美玉

何秋蘭（中）與父母

問了兩位已過古稀之年的古巴女士，一白一黑，唱起粵劇
來，竟然有板有眼，而且還穿上戲服，演出一段《西蓬擊
掌》的對手戲。原來兩位婆婆——何秋蘭和黃美玉，與華人
粵劇文化有一段因緣。

一百七十多年前，數以萬計的華工被「賣豬仔」到古
巴做苦力，大部分人原想賺夠錢就回鄉去，從沒想過會流
落異鄉，在古巴結婚生子。

三、四十年代的夏灣拿，曾是無數華人的家。自小學
習粵劇的何秋蘭和黃美玉，在古巴首都夏灣拿出生。秋蘭
的養父方標因家人反對他學戲而遠走他鄉；美玉的華人父
親則是唐人街的名裁縫，娶了古巴女子為妻。她們在國
光劇團學戲，一個演花旦，一個扮小生。秋蘭自小耳濡
目染，在父親方標的教導下，學會了中文，平日說話時
有開平口音，但唱起粵劇來卻字正腔圓，她扮相秀麗、
歌喉婉轉，八歲踏台板、十五歲就當上劇團的花旦。美玉
雖有一半中國血統，卻不懂中文，就連唱戲，也是靠西語
注音。秋蘭在古巴的華埠巡迴演出，曾與來訪的小燕飛、
牡丹蘇、蘇州麗等名伶同台演出。

「他的興趣，就在我身上成長。」秋蘭圓了父親的粵
劇夢。

　　魏時煜第一次見到兩位古巴婆婆，是 2011 年，就在羅卡的家裏。當時年已八十一歲的美玉，以及七十九歲的秋蘭清唱〈三擊掌〉，她們充滿默契的合作吸引了她的注意，兩位外國婆婆唱粵曲，說的是中國古代的故事，目睹兩位老人家完全融入角色，令她覺得很神奇。

　　事實上，她當時正在處理伍錦霞的故事，剛剛從紐約做完訪問回到香港，忙得分身不暇，於是她派了一個攝影師，與卡叔、珊姐同行，跟着兩位婆婆回廣東去。她們此行的主要目的，是回鄉探親祭祖、觀光，跟粵劇曲藝界的同行交流，還有到廣州的狀元坊做戲服……

　　在珊姐的安排下，兩位老太太登上佛山祖廟的古戲台演唱，一黑一白，相映成趣，最初的聽眾寥寥可數，但兩位婆婆一開腔，便吸引了不少人坐下來欣賞。

　　在狀元坊，她們特意穿上全套粵劇的服飾，化上戲妝拍照，披着一身的繁華，風采不減當年，「看起來好年輕喲！」為她們高興的，不僅是千里以外的兒孫，銀幕前的觀眾，也不禁發出會心的微笑。

秋蘭在開平，回到方氏燈樓，然後上山，在墳前上香，成了片中最牽動人心的一段。看到她完成父親的回鄉夢，就讓不少觀眾掉下淚來。

「革命之後，就沒戲唱了！」

那些年，唐人街很繁榮富庶。

「我們的日子像夢一樣美好！」一句話道盡了美玉的心聲。

1959 年卡斯特羅的革命，卻改變了一切。

「革命之後，就沒戲唱了！」美玉的話，一針見血。

革命之前，在唐人街的生活，以及在戲院演出的歲月，是她心中的黃金時代。

革命爆發後，她們的生活亦隨之改變，兩人也各自有不同的發展。美玉進大學念書，後來當上外交官，曾駐印度兩年；而秋蘭也要轉行，在中國餐館當收銀員。三十多年後，美玉退休後，返回往日成長之地，唐人街已變得破落不堪，兩人再度相逢，而且開始重拾當年的粵劇夢。

影片中除了有兩人對往昔繁華的追憶和當今的表演片段外，還提及歷史人物卡斯特羅與哲古華拉。兩位老太太都曾與卡斯特羅有過一面之緣，美玉在大學時與他握過手，

卡斯特羅

夏灣拿的城市面貌

秋蘭在餐館跟他説過話,她們似乎還念念不忘他年輕時的風采。

其實,魏時煜在訪問過程中,卻感受到兩人和其他受訪者都不想對革命多作評價,彷彿革命對古巴華人真的沒有影響。「她們小時候過的日子都很風光,後來的唐人街卻破落成這個樣子,他們怎會沒感覺?怎可能沒抱怨?我感受到那種壓力,大家都有意迴避這個問題,不跟你講而已⋯⋯」

在蒐集資料的過程中,她察覺到古巴、中、美幾方面各執一詞,所以她在片中放了一張報紙寫着「古巴華僑三百人逃亡時慘遭殺害」,又多加一張報紙説「古巴華僑

的愛與恨」。片中雷競璇在一個講座中亦說過，他祖父輩的資產在 1959 年之後，全都化為烏有。

　　作為一個電影工作者，魏時煜想提供不同的聲音，以免觀眾只聽一面之詞。「我要提醒觀眾注意，下面的話，你要用兩個耳朵聽哦！」這套電影提供的資料，正好讓觀眾作出反思。

　　革命之後，古巴的物資短缺。片中有一個特寫，就是卡斯特羅腕上配戴的勞力士手錶，而雷競璇亦曾說過——當年父親遠在古巴，託海員給他捎回一隻手錶，是蘇聯製的，但很快便壞掉了。

　　兩相對照，你可以看到導演的心思嗎？

「拍紀錄片，可以不斷有新發現。」

　　2014 年，兩位古巴婆婆再度來港，並回鄉訪舊居，美玉終於找到了恩平的親人，在故居上香拜祖先。同時，她

何秋蘭與謝雪心（左一）
在石澳粵曲雅集中合唱

何秋蘭展示《光華報》

金鷹戲院

們在香港石澳，參與了一個粵曲雅集，秋蘭還跟紅伶龍貫天、謝雪心等合唱。

到 2015 年，魏時煜才有機會到古巴去，她帶同攝影師，還在當地找了一個翻譯，再訪問兩位婆婆，以及秋蘭的子女孫兒。她們年輕時，經常跟着父母，到「金鷹戲院」看港產片，因為看過許多黃飛鴻的影片，迷上了關德興……伍錦霞和小燕飛合作的《紐約碎屍案》也曾在這間戲院放映。

為了省錢，她先到古巴訪問和拍攝，兩個星期後，卡叔和珊姐才從法國那邊飛過來，他們一起在古巴的日子，其實只有兩、三天。

幾經努力，他們尋覓到「金鷹戲院」的舊址，影片中，兩位婆婆重回昔日的戲院，當年繁華興盛之地，如今已變成一片殘破零落。

此外，他們還找到了《光華報》的總編輯趙肇商先生。趙先生開啟了報館印刷廠大門，引領大家入內參觀拍攝。1900 年的印刷機，一列列排版的字粒，至今仍好好地保存下來。秋蘭退休後，曾在這裏「執」過字粒。

古巴與中國大陸的關係相當密切，哲古華拉曾訪問中國，而「光華報」三個字，還是董必武的墨寶。

阮兆輝（左圖）、黃鶴聲（右圖）

　　影片中穿插了不少紀錄片的片段，以交代歷史，亦有個別人士的訪問，作為補充，其中以粵劇名伶阮兆輝的訪問最為親切有趣，輝哥介紹了關德興的資料，還道出黃鶴聲在美國登台的軼事。

　　此外，本片的配樂也頗為講究，以原創音樂為主，配以白駒榮的南音〈客途秋恨〉、紅綫女的〈昭君出塞〉，帶出一種海外華人身世飄零的滄桑感。聽起來，真的別是一番滋味在心頭。

　　除了是《古巴花旦》的編導，魏時煜還親自剪片，為此，她學了半年西班牙語。影片在 2017 年初才開始剪接，因為在 2016 年底，她還忙於香港電台華人作家系列 II 紀錄片《王實味：被淹沒的作家》的製作。

　　魏時煜說不少人建議她「剪片時不要剪得太線性」，但她覺得「紀錄片導演的責任，是盡力把故事說得完

秋蘭與美玉的戲妝照

整」，所以這套電影的時間脈絡非常清晰。

　　魏時煜還告訴我，她喜歡拍紀錄片，因為可以不斷有新發現，「我覺得製作紀錄片比較過癮，因為拍攝的過程中，每次發現一些新的材料、一張新的照片、一個新的人，甚至一種新的組合方法，都會帶來興奮……」

　　早在 2006 年，她已製作了音樂紀錄短片《崔健：搖滾中國》，同年 7 月，她製作了紀錄長片──《記錄之旅：原始檔案》。從 2003 年起，魏時煜和彭小蓮用了五年時間，走訪了二十六位胡風分子，四十多個家庭，蒐集了很多珍貴的歷史影像及圖片素材，攝製成第一部記錄胡風事件的歷史片《紅日風暴》。

　　從胡風、王實味到伍錦霞，一書一電影，再到如今的古巴婆婆，魏時煜關注的是知識分子、女性的命運與歷史。她不單在記錄人，也在記錄一個個大時代。「我覺得

每一個時代都有精彩的故事,故事發生的時候,那些精彩的人物都會跨越很多界線,而《古巴花旦》不單是時代的跨越,也是文化的跨越,我覺得這就是最動人的東西,是任何一個時代的人都感受得到的。」

由於資源不足,她拍紀錄片時「始則移東補西,繼則左支右絀」,如果不是深愛電影,焉能如此堅持?

接着,下一齣,她會拍蕭紅—— 一個生於東北、死在香港的女作家故事。

餘韻

2018 年 1 月 26 日,LIFE IS ART 光影藝術祭開幕,一個月後,就在 2 月 25 日,放映《古巴花旦》作為閉幕電影,以古巴的歷史訴說雙城故事。

這天的下午,我來到了「元創方」,見證了一個跨時代的嘗試,兩個分別為九歲與十二歲的外籍小女孩,馬晶晶和秦可心,一白一黑,呼應片中的何秋蘭和黃美玉,在放映前表演兩齣戲,演出的還有六歲的李海晴和她們的粵劇老師——紅伶劉惠鳴。

晶晶和海晴合唱《帝女花・香夭》選段;可心與劉老師合唱的則是《牡丹亭驚夢・幽媾》選段。晶晶扮演駙馬周世

顯,可心則飾演杜麗娘。

　　劉老師扮演柳夢梅,唱得好,不用多説。幾位小女孩
的嗓子亦相當好,稚嫩的臉孔,卻做出優美的身段,而且
唱得有板有眼,功架十足,以這個年紀來説,可算唱做俱
佳,難怪在座的觀眾都掌聲不絕。

　　放映活動結束後,我跟「鳴姐」劉惠鳴和幾位小朋
友,聊了一陣子。

　　秦可心是大姐姐,父親是尼日利亞人,母親是中國
人,雖然只有十二歲,但人長得高大,樣子成熟。她曾在
廣州生活,還參加過電台的粵曲比賽,來到香港後,經朋
友介紹,2017年開始跟隨劉老師學唱戲,〈幽媾〉選段是新
學的,她唱得很有感情,演繹亦細膩。

　　馬晶晶的父親是匈牙利人,母親是美國人,在德國出
生,兩歲半時已來香港。三歲時,父母帶她到高山劇場看
兒童粵劇,從此結緣。她就讀的北角官立小學,開設粵劇
興趣班,導師就是劉惠鳴。晶晶誤打誤撞,報名參加,從
此愛上粵劇,還到「揚鳴兒童粵劇團」追隨劉老師。她

只學了一年多，最初唱旦角，後轉學生角，她雖然年紀小小，但唱腔清脆明亮，咬字清晰，真是可造之材。

李海晴年紀最小，是土生土長的香港人，2014 年開始跟劉老師學唱粵曲，那時，她只有三歲。在劉老師的悉心教導下，已學了差不多四年，怪不得她演的長平公主如此出色。

劉惠鳴在舞台上演的是文武生，扮相俊逸瀟灑；台下的她卻談吐溫文、心思縝密。她是梨園才女，也是位資深兒童粵劇導師。台上演出，台下教學，工作編得密密麻麻，問她如何分身？她坦言，「我每天只睡二至三小時」。

她通常在星期五、六、日，在自己的劇團教學生，至於其他日子，就會到不同的學校去，當粵劇班的導師。「難得的是校長願意推廣粵劇藝術，更難得的是得到家長的支持。試想想，要家長每個星期願意送子女來上課，真是談何容易！」劉老師說起現實情況，不無感慨。

談到教學，她道出：「最難教是唱詞的讀音，要逐個字教，尤其是『官話』，既非粵語，也不是普通話，小孩子很難掌握……」

「劉老師教得很認真，她很有要求！」連九歲的晶晶也補上一句。

　　她們在劉老師處學戲，徜徉在粵劇的天地裏，常常流連忘返。「學生來上課，經常逗留七、八個小時，也不願離開，我這裏，就像間託兒所。」劉老師笑着說。

　　雖然行內朋友，力勸她不要教下去，不如將精力放在舞台上，專注於個人在粵劇藝術方面的發展。可是，她的首選，仍是兒童粵劇教育的工作，「小朋友長大得很快，青春很易流逝，時間錯過了，便追不回來。九至十歲，是最可愛的，到十三、四歲，已經太遲，我要抓緊時間……」她認為粵劇承傳，培訓下一代很重要。

　　想起了片中的秋蘭，一生熱愛粵劇。

　　面對電影，魏時煜擇善而固執，面對粵劇，劉惠鳴亦有個人的堅持。

　　滾滾紅塵世路長，願大家都能朝着自己的目標，好好地走下去！

* 頁 65 圖片，由「灼見名家」提供；頁 47、49、50、53、54、56、58、59、60、62、63 圖片，由魏時煜提供。謹此致謝。

魏 時 煜 簡 介

魏時煜，香港導演會導演、香港城市大學創意媒體學院副教授。加拿大阿爾伯塔大學電影學博士，卡爾頓大學比較文學碩士。2003年起開始電影創作，劇本作品包括《明明》（2007，聯合編劇）和《五顆子彈》（2007，首席編劇）；紀錄片作品包括《古巴花旦》（2018）、《金門銀光夢》（2014）和《紅日風暴》（2009，與彭小蓮聯合導演）；電視紀錄片作品有《漂泊者蕭紅》（2019）、《王實味：被淹沒的作家》（2016）和《崔健：搖滾中國》（2006）。紀錄長片作品獲得BBC、The Hollywood Reporter等國際媒體和學術界好評。中文專著包括《胡風：詩人理想與政治風暴》（2017）、《王實味：文藝整風與思想改造》（2016）、《東西方電影》（2016增訂版）、《霞哥傳奇：跨洋電影與女性先鋒》（2016，與羅卡合著）、《開始學動畫》（2010，與梅凱仁合著）、《女性的電影：對話中日女導演》（2009，與楊遠嬰合著）等八種，大多再版或重印；其中《王實味》獲得第一屆香港出版雙年獎文學及小說類最佳出版獎，《霞哥傳奇》獲得第十屆香港書獎。

不忘初心
漫長的創作路

毛俊輝專訪

我早年是影癡，大學時代，可以一天看六部電影。後
來逐漸愛上戲劇，因工作關係，有一陣子，觀賞舞台劇比
看電影多。

毛俊輝——毛 Sir 的名字，當然早就聽過，我既看過他
執導的戲，也欣賞過他在舞台上的演出。那時，他還是香
港演藝學院「表演系」系主任。

2017 年 10 月下旬，早已想訪問毛 Sir，但他那時正忙
於《父親》的演出。接着，他又投入《百花亭贈劍》一劇的
排練，忙得不可開交。

皇天不負有心人，五個月後，2018 年 3 月下旬，春暖
花開的時節，終於訪問了他。

這天下午，坐在亞洲協會（香港中心）的餐廳 AMMO
內，我們邊喝茶、邊吃點心、邊聊天。

早種根芽，憶兒時上海觀劇

毛俊輝出生於上海，父親是上海人，母親是廣東人。
父母都是戲迷，毛俊輝從小就愛看戲。在上海，他看過京
劇大師周信芳演戲，也看過大老倌羅品超演粵劇。周信芳
在《秦香蓮》中先演王丞相（老生），後演包拯（淨角），跨
行當的表演，教他大開眼界；羅品超演梁山伯，亦令他大

為感動，回家大唱特唱：「士九啊！你攙扶我回家轉……」

當年，居住在上海的廣東人，為數不少，故此有不少廣東戲班北上，到上海演出。毛俊輝母親一家，便來自廣東，她在崇德女中念書，與林貝聿嘉是校友。

除了欣賞戲曲，他在上海時，亦參與不少兒童活動，如演講比賽、戲劇表演等。

一生承教，幸遇啟蒙鍾老師

十歲左右，毛俊輝來到香港，小學畢業後，升讀伯特

利中學,那是一所比較傳統的基督教學校。六年的中學生活,好像完全跟戲劇脫節,但他也看了不少電影,尤其是戲曲電影;此外,他還不時陪外婆去看粵劇。

毛俊輝比較喜歡文學,念完中學後,隨即進入香港浸會學院的外文系,主修英國文學,副修中文,就在這裏,遇到了鍾景輝先生──他的啟蒙老師。King Sir 當時剛從美國回來不久,在浸會任教,毛俊輝修讀了他的戲劇表演課,還加入了浸會劇社,自此與戲劇結緣。

他第一次踏上舞台,演的就是《小城風光》(*Our Town*)中喬治一角。

在大學三年級那一年,他獲選為香港學生代表,參與「遠東學生領袖計劃」,到美國訪問交流。這次難得的經驗,令他對美國略有認識,當地的學習氣氛,也為他帶來憧憬。

大四畢業那年,浸會挑選了五個畢業生,保送他們到奧克拉荷馬浸會大學繼續升學,毛俊輝是其中之一,可以

獲得獎學金遠赴美國讀書，很多人求之不得。可是，因為念的是歷史，他只好無奈婉拒，因為一直以來，他情繫戲劇，他最想進修的，就是 Drama。

奮發向上，在愛荷華念戲劇

最初，毛俊輝申請耶魯大學（Yale University），被拒諸門外，主要是因為耶魯不取錄外地學生。當年鍾景輝先生可以進入耶魯讀戲劇，是因為他在美國念大學。

在友人的推薦下，他進了愛荷華大學（University of Iowa），念藝術碩士課程，課程的要求很嚴謹，既重實踐，也重理論，要修讀三年。

父母對他說，家中的錢只夠供給他第一年念書的開支，其餘兩年，便要他自己去籌謀了。

「這是支持，也是一種激勵！」他很感激父母的包容，既體諒他拒絕獎學金，還支持他往美國攻讀戲劇。

在愛荷華大學，毛俊輝主修「表演」，副修「導演」。就因為他是外國學生，竟受到部分教授的質疑，懷疑他的能力。而且，由於膚色及說話口音問題，他的演出機會幾乎等於零。

當時正值上世紀六十年代末，是美國火紅的年代，

學生大多參與社會運動，毛俊輝受到強烈的文化衝擊，
但他依然認真上課，結果在第二年，他得到了學校的
Scholarship（獎學金）及 Assistantship（助學金）的資
助，兩年的學費及生活費都解決了。可見他的努力，並沒
有白費。

事實上，在一年級時，他需要補讀很多戲劇的基礎課
程，要下不少苦功。他自言很幸運，在二年級下學期，其
中一位教授，挑選他演出莎劇《哈姆雷特》的主角──王
子。也許，導演是為了營造戲劇「疏離效果」，才找他當
主角，但毛俊輝抓緊這個難得的機會，全力以赴，每次排
戲完畢，他要多花一個小時，練習英文台詞，當然，學校
也有 Speech Coach 幫他練習。這次演出後，其他教授都因
為他演得很出色，對他刮目相看。

毛俊輝的父親原是位油畫家，他遺傳了父親的優良基
因，在美術方面也很有天分，由於他長於繪畫，因而得到
一位著名舞台設計師賞識，甚至願意收他為入室弟子。不
過，毛俊輝志不在此，他最愛的是演戲，故鍥而不捨，努
力爭取演出機會。

三年級畢業時，演出蕭伯納（Bernard Shaw）的經典作
品 *Arms and the Man*，他的表現令人激賞。演出後，其中

一位負責「肢體教學」、一直反對他讀「表演系」的女教師，竟步入後台向他致歉，承認自己的偏見。

勇闖高峰，踏足美國戲劇界

畢業後，經學校的教授推薦，他到三藩市繼續進修，然後到 UC Berkeley 駐校劇團當見習生，「好像做雜工一樣，但為了爭取實踐機會，我甚麼都要做。」回想往事，毛俊輝臉上露出淺淺的笑意。

當時劇團正排練《凱撒大帝》，剛好有一個演員病倒，他有機會補上，雖然是一個小角色，但仍然有戲可演。演出後，當地的評論，將這齣戲彈得一文不值，但對 Fredric Mao（即毛俊輝）的演出，卻稱讚有加，以 "Warmth and Truth" 來形容他的演出。由於備受讚賞，劇團立即請他加入，讓他成為正式的演員。

記得 King Sir 說過：「在戲劇這個行業，發展並不容易，打穩自己的基礎，作好準備，否則機會來了，也難以掌握。」毛俊輝深明此理，逐步向自己的目標邁進。

1974 年，他只有 27 歲，便做了加州拿柏華利劇團（Napa Valley Theatre Company）的藝術總監，Napa Valley 以產葡萄酒聞名，這個地方的人比較富有，對藝術活動的贊助頗多。

「這是神的安排，我很感恩！」毛俊輝強調。

其後，他又曾擔任「新美亞劇團」的副總監，並且在紐約進修，追隨導師桑福德‧邁斯納（Sanford Meisner）學習演技。

畢業後，雖然他一直在劇團工作，但每半年仍須到移民局延長居留，常被有關部門故意刁難。

1974 年，因為身份問題，他差點喪失了百老匯歌劇《太平洋序曲》（*Pacific Overtures*）的演出機會，幸而得到導演 Harold Prince 及其團隊的協助，最終能夠參與演出。毛俊輝坦言，這是他在美國唯一感到屈辱的地方。

留美多年，他曾參與過不少演出，包括劇團、電影、電視，演或導的機會都不少。那些年在美國的訓練與前線經驗，對他後來為香港演藝學院編寫相關課程，大有幫助。

言傳身教，演藝學院展所長

毛俊輝在美國，一去十七年。

　　至 1985 年，香港演藝學院設立「戲劇學院」，院長
King Sir 向他招手，於是他回到香港來，擔任「表演系」
的系主任。

　　他在美國讀戲劇，積累了不少第一身的實踐經驗，故
此，他希望引進更多西方劇作，早期在演藝學院教學，他
就排演過《三姊妹》，以舞台實踐去呈現契訶夫的經典；亦
曾結合戲曲元素去演繹《阿茜的救國夢》，參與當年在香港
舉行的國際布萊希特戲劇節。

　　他認為「技巧」不是最重要，更重要的是嚴謹的專業
精神。他一再強調表演藝術最珍貴的是"Truth"。毛 Sir 指
"Truth"不能直譯，亦難以意譯，他以《父親》為例說明，
飾演一個腦退化的病人，不能過火、誇大，要代入角色，
用心去揣摩，小心地演繹，才能感染觀眾。

　　「演戲要浸淫，至少要積累十年、八年的經驗，才明
白箇中道理，年紀輕輕的學生，未必能明白……」他道出
心中的感慨。

　　在演藝學院多年，大部分學生都覺得他很「惡」，現
在回想起來，他自言：「我對藝術很執着，加上年輕，比較

毛俊輝在教學外，舞台演出也很出色，並多次獲獎。

個人主義，凡事率性而為，對待學生才會如此嚴厲。」

香港演藝學院通常會安排學生往外地交流，他記得有一年冬天，帶領一群畢業班的學生，到北京中央戲劇學院訪問。天氣嚴寒，還下大雪，在紫禁城遊覽時，學生玩雪玩得興高采烈，他卻冷得直打哆嗦，原來是沒有穿「打底褲」，真是「有苦自己知」。

「那一年，中央戲劇學院畢業班的學生，正是『粒粒皆星』——章子怡、秦海璐、劉燁、袁泉……都是俊男美女，我們的學生，大多是南方人，身形已矮了一截，難免有點『自卑』。」談到當年的趣事，他也忍不住笑起來。

言傳身教，毛 Sir 為香港演藝界培育出不少出色的接班人，學生包括黃秋生、謝君豪、劉雅麗、甄詠蓓、張達明等。

或導或演，探索藝術新領域

毛俊輝在演藝學院任教，前後共十五年。他大部分精力都放在教學方面，偶爾亦做導演，粉墨登場反而比較少。

　　1989 年，毛俊輝曾為香港話劇團執導《聲》/《色》。
《聲》是美籍華裔編劇家黃哲倫的戲，《色》則由香港的杜
國威編劇，兩齣戲同場演出，他還將這個「小型演出」
搬到上環文娛中心八樓的排練室，可以說是「黑盒」的
前身。

　　1992 年，「赫墾坊」成立十周年，他應吳家禧的邀
請，演出《一籠風月》（杜國威編劇）。「這是個『戲子的故
事』，我要跟包幼蝶老師學習京戲，好不容易！」不是一番
寒傲骨，那得梅花撲鼻香，這個戲非常成功，為他帶來香
港舞台劇獎「最佳男主角」（悲劇 / 正劇）獎，而且認識了
女主角胡美儀，結下一段良緣。

　　1993 年，他為中英劇團導演《說書人柳敬亭》，這齣
戲，為他贏得了「最佳導演」獎。

　　至 1994 年，潘光沛邀請他擔任音樂劇《風中細路》
的導演，還找來黎海寧編舞。這個創作劇，寫的是香港的
故事，受到這位年輕音樂人的誠意打動，毛俊輝又作出嘗
試，結果又獲獎。

鄧樹榮、何應豐在 1995 年成立了「剛劇場」，邀他演
出《小男人拉大琴》（*The Double Bass*），「早在美國時，我
原本有機會演出這齣戲，但因為要回港，失諸交臂，想不
到十年後，竟在舞台重遇。」緣分這回事，不由你不相信！

「為了演活這齣『獨腳戲』，我還得去學拉大提琴哩！」

求新求變，走進香港話劇團

2001 年，鍾景輝先生準備退休，「戲劇學院」院長的
接班人，非毛俊輝莫屬。可是，香港話劇團亦同時向他招
手。為了實踐他的戲劇夢，他毅然放棄高薪厚職，轉任話
劇團的藝術總監，當時演藝學院的院長盧景文先生，亦笑
稱毛 Sir 把他們撬下了。

他選擇話劇團，是想回到最前線，真正體現他的戲劇
理念，期望協助戲劇界向前發展。在美國時，他曾在劇團
當過藝術總監，已有行政經驗，正好為話劇團的「公司
化」一展所長。

「話劇團走向公司化，踏入新的階段，在藝術取向方面，
也要帶出新面貌，工作一點也不簡單。」在 2001 年 1 月，他
走馬上任，繼楊世彭成為藝術總監。在此之前，話劇團多演
翻譯劇，主要是西方經典。毛俊輝主張多元發展，大膽創

新，引入不同的戲種，亦致力推動本地創作。他又邀請俄國導演來港執導《凡尼亞舅舅》和《鐵娘子》，一方面可令團員在專業方面得以發展成長，同時亦期望藉此擴大觀眾群。

一年後，毛俊輝不幸患上癌症，飽受病魔折磨，連場苦戰，終於奇蹟地康復了，恍如鳳凰重生，開展了更精彩的一頁。

2003年的香港，「沙士」肆虐，為了提升港人士氣，香港話劇團破天荒與舞蹈團、中樂團攜手合作，製作《酸酸甜甜香港地》，這齣音樂劇由何冀平編劇、黃霑填詞、顧嘉輝作曲。當時，他仍在家中休養，大家戴着「口罩」到他家開會的情景，仍歷歷在目。

《酸酸甜甜香港地》空前成功，更得到上海慈善基金會與其他的資助，他將此劇帶到上海演出，馮蔚衡成為首個贏得上海白玉蘭獎的香港女演員，獲最佳女配角獎。

2004年，他為話劇團訂立「主劇場」和「2號舞臺」的發展方向，力圖開拓更多元化、更具新意的創作空間。

其後，他獲邀到上海執導大衛・奧本（David Auburn）

的名劇《求證》（*Proof*），與上海話劇團合作，他堅持帶同
演員馮蔚衡到上海參與製作，與當地演員同台演出。在上
海演出時用普通話，回到香港，則以普通話及粵語雙語版
本同時演出。

對不少藝術工作者來說，改編張愛玲的小說是一項
艱巨的任務，繼 2002 年首演後，2005 年香港話劇團再演
舞台劇《新傾城之戀》，由梁家輝出任男主角，在香港上
演後，隨即到上海演出，梁家輝和劉雅麗分別獲白玉蘭獎
最佳男主角獎和女配角獎。其後，此劇亦曾往美加巡迴演
出。「最難忘的是 2006 年，《新傾城之戀》走進北京的首都
劇場，原汁原味的『港式』演出，大受觀眾歡迎，而且好
評如潮。」說起往事，毛俊輝仍回味不已。

作為藝術總監，他不斷探索跨境的文化交流，努力擴
大話劇團在內地和國外的聲譽。他亦勇於嘗試不同的藝術
表現形式，追求戲劇藝術的深化和提升，演出不少實驗性
作品，如「肢體劇場」，此外，又正式成立了「黑盒劇場」。

為照顧小朋友的興趣，他還推出「合家歡劇場」，如
2006 年製作的《小飛俠幻影迷踪》（*Peter Pan*），還請來英
國導演 Leon Rubin 執導。

在他努力爭取下，政府終於肯撥款，支持劇團到外

《新傾城之戀》中的兩位演員
梁家輝與蘇玉華

地演出，這是恆常的資助，不單只是話劇團，其他如舞蹈
團、中樂團亦同樣受惠。

除了演出，他也成立了外展教育小組，亦開始了戲劇
文學的研究，致力於發揮話劇團在香港劇壇的藝術作用。

至 2008 年，也許是為了走更長更遠的路，毛俊輝毅然
辭去藝術總監一職。

上下求索，走更長更遠的路

離開話劇團後，2009 年，毛俊輝創辦了「亞洲演藝研
究」，在中央政策組劉兆佳邀請下，做了一個研究，並發表
報告——《香港劇場有多少作為？》

他指出，進行研究的主要原因是希望能夠更全面地
了解香港劇壇的狀況，於是用了一年時間，訪問香港大小
劇團，並撰寫報告。他認為報告內提出的建議有正面的作
用，跟以前相比，康樂及文化事務署對於劇團重演他們的
作品，就表示更加支持。

接着的幾年，在戲劇方面，他亦作出了不少實驗性的
嘗試。

　　2010 年，他為中國國家京劇院導演《德齡與慈禧》的京劇版——《曙色紫禁城》，這齣戲由話劇的原創者何冀平親自改編，成功的演出，令他開始投入戲曲方面的創作。其後，他又為康文署「中國戲曲節」執導重新演繹的《李後主》。至 2012 年，在跨界音樂劇《情話紫釵》中，他有意識地將粵劇與現代舞台劇結合起來，此劇在香港首映時，反應熱烈，其後更獲得上海的「年度時尚戲曲大獎」。

　　2014 年，毛 Sir 臨危受命，回演藝學院出任「戲曲學院」院長一職，他放下自己的舞台創作，全心全力投入學院的工作，但做了兩年便退任。

　　2017 年是香港話劇團四十周年，為慶祝這個大日子，他答應了參與話劇團的演出，本來沒想過擔任主角，豈料馮蔚衡帶來《父親》劇本，他一看之下十分喜歡，「優秀的劇本實在不多，這是個很好的挑戰，於是便接下了主角一職。」

　　《父親》（*Le Père*）一劇，由法國青年劇作家霍里安‧齊勒（Florian Zeller）編寫，於 2014 年獲得法國莫里哀戲劇獎最佳劇本，據說靈感來自其家人患上腦退化症。毛 Sir 認為這個劇本甚有創意，主要是透過老人家的視點看世界，而非從家人的角度去看患病的父親。此劇的導演，正是馮蔚衡，兩人在香港話劇團時亦曾合作，彼此有一定的默契。

飾演父親的毛 Sir，在舞台上，帶領觀眾進入腦退化病人的心境及幻覺中⋯⋯我也曾坐在台下，欣賞他精彩的演出。這個角色，亦為他贏得香港舞台劇「最佳男主角」（悲劇 / 正劇）的獎項。

近年來，香港藝術節開拓了一個新的平台——「本地菁英創作系列」，由香港賽馬會慈善信託基金贊助。2018年該系列首次贊助粵劇演出，目的是為了探討香港粵劇的發展新方向。

毛 Sir 應邀擔任創作的藝術總監及導演，他選了唐滌生寫於 1958 年的經典名劇《百花亭贈劍》，與一群香港年輕的粵劇生力軍合作，嘗試以現代劇場的方式來表達他的戲曲美學。這次演出，從劇本改編，到表演手法、音樂處理、製作設計⋯⋯以至排練的方式和機制都嘗試作出探討。

「我相信現代劇場的創作模式，可能對傳統粵劇有值得借鏡的地方，甚至可能找到一些繼續有助探討的路向。」現場觀眾的反響，給毛 Sir 帶來信心。他認為《百花

亭贈劍》在藝術上可能只踏出一小步，但在推動本地藝術工
作者的創作上，意義相當重大。

十多年前，白先勇老師為了推廣崑劇，製作青春版
《牡丹亭》，百多場的演出，讓中國以至海外的年輕人認識
了崑劇──我們中國最古老的戲曲。

毛 Sir 這次的嘗試，也是為了推廣粵劇，期望吸引年
輕人進入粵劇劇場，認識粵劇。他希望在傳統的框框中跳
出來，為粵劇摸索出一條可行之路，實在用心良苦。

《百花亭贈劍》演完後，毛 Sir 又開始投入另一大型製
作。他再為英皇執導一個法庭戲《奪命證人》[1]，此劇的內
容改編自阿嘉莎・克莉絲蒂 (Agatha Christie) 的小說《控方
證人》(*Witness for the Prosecution*)，這個故事在 1957 年，
曾被比利・懷特 (Billy Wilder) 拍成電影《雄才偉略》。

原劇背景設在倫敦，他和年輕的編劇劉浩翔、潘詩韻
合作，將這個故事改編至九十年代中的香港。「近年來，我
發現，培養更多年輕人的創作，與大家在藝術上繼續探討
和交流，帶來更大的喜悅。」毛 Sir 對扶掖後進，一直都不
遺餘力。

---

1 《奪命證人》於 2018 年 7 月在演藝學院上演。

《百花亭贈劍》劇照

「一般人普遍存有誤解,以為商業製作的藝術水準不高。其實,當中亦有雅俗共賞的上乘之作,例如 2014 年的《杜老誌》,編劇為莊梅岩,寫出昔日的傳奇,重塑七十年代的香港氛圍,41 場的演出,至少引起了大眾對舞台劇的關注。」他直言不諱。

這次演員班底跟上次有點不同,劉嘉玲、謝君豪是老搭檔,而戲中有一個比較成熟的角色,於是請來秦沛先生助陣。

談戲風生,雲去雲來喜自在

在香港戲劇界,毛俊輝這個名字無人不曉。且不說早年的「最佳導演獎」、「最佳男主角獎」、「藝術家年獎」,在 2005 年,他已獲香港演藝學院頒發榮譽院士,2014 年再獲演藝學院頒授榮譽博士。2017 年又獲香港藝術發展局頒發「傑出藝術貢獻獎」,可謂實至名歸。

人生猶如一個圓圈,從那裏開始,就在那裏終結。

「我做了一輩子的戲劇。年輕的時候,戲劇替我解開

很多困惑；到如今，對人生有了更多切身的體驗，戲劇又給予我前進的動力，為我提供了一個平台，可以探討、感受和分享生命中很多東西。」他道出心聲。

跟毛 Sir 聊天，真的令人如沐春風，連身旁的攝影師，也聽得津津有味。

時間跑得很快，轉眼已近黃昏。

他談興甚濃，聊了三個小時，仍意猶未盡……直到六時半，因為晚餐時間已到，餐廳的職員忍不住走過來，示意我們離座，才結束了這次訪問。

感謝毛 Sir，讓我們度過了一個充實而愉快的下午。

* 頁 75 圖片，由「灼見名家」提供；頁 69、71、72、77、79、81、83、87 圖片，由毛俊輝提供；頁 78、85 圖片，由「香港話劇團」提供。謹此致謝。

毛俊輝，出生於上海，成長於香港。早年畢業於香港浸會學院外文系，並赴美國愛荷華大學進修戲劇藝術碩士課程，其後長期投入美國職業劇團演與導的工作，包括 1976 年在紐約百老匯演出 Harold Prince/Stephen Sondheim 原創音樂劇《太平洋序曲》。1985 年香港演藝學院成立之初，被邀返港出任戲劇學院表演系系主任，執教長達 15 年，並於 2001 至 2008 年期間出任香港話劇團公司化後第一任藝術總監，離任時獲贈予「桂冠導演」之名銜。導演的名作無數，包括《說書人柳敬亭》、《風中細路》、《跟住個嘅妹冰冰轉》、《酸酸甜甜香港地》、《新傾城之戀》、《還魂香 / 梨花夢》、《杜老誌》等。曾五度榮獲香港舞台劇獎「最佳導演」以及香港藝術家聯盟的「藝術家年獎（舞台導演）」。2004 年香港特別行政區政府授予銅紫荊星章，以肯定他在推動本土戲劇和藝術方面的貢獻，另獲頒授多項中港及國際榮銜，包括香港演藝學院榮譽博士。他自小醉心中國傳統戲曲，曾導演跨界音樂劇場《情話紫釵》、執導新創京劇《曙色紫禁城》、導演並改編粵劇《李後主》新版本等。2014-2016 年應香港演藝學院邀請出任新成立的戲曲學院首任院長一職，為香港建立首個粵劇藝術學士學位課程。2018 年為香港藝術節改編 / 導演粵劇《百花亭贈劍》創新版本，深受歡迎，促使藝術節 47 年來首次重演同一劇目，2019 年重演後，更先後赴深圳、上海、廣州巡演，均獲熱烈的迴響。

低頭只顧貪遊戲
不覺殘陽上土堆

關夢南專訪

《教師起動》的誕生

五月天，陽光燦然，我匆匆來到聖公會林護紀念中學，踏進偌大的禮堂內，滿眼是教師和學生，座中還有校長、文學界的有心人⋯⋯

想不到，幾百人齊集此地，一起見證《教師起動文藝雙月刊》的誕生。

也許是講者的題目，對學生甚具吸引力，如此大型的發佈會，實在不多見。

發佈會的主持是潘步釗校長，他也是創作人，文壇的中堅分子。簡短的開場白後，陸續登場的三位講者，同是中文科老師，也是創作人——蒲葦、殷培基和陳志堅。專講的主題，離不開「文憑試」三個字。

蒲葦談「DSE中文科的一些發現」，他從卷一「閱讀」說起，中國語文科加入指定範文後，古典作品的考材，備受注目，幸而考題並不難，令這一屆的考生壓力創新低。至於卷二「作文」，最多人選擇的題目，也許就是「重遊舊地」，描寫舊地，抒發甚麼感情，似乎書寫親情最穩妥，這是老師的貼士。

殷培基扣緊卷二，指出作文的秘訣，他叮囑大家必須留意——寫作的三個要點，就是「用眼去觀察、用心去感受、用腦去思考」。

最後，陳志堅則以「走出寫作的憂鬱」為題，拈出三個錦囊：一是「生活觀察」，二是「閱讀名篇」，三是「刻意經營」；全是平日的工夫，盼同學多鍛煉。

台上的老師，言者諄諄，未知台下的學生，可會緊緊記住？

幕後推手二三事

同樣坐在台下的關夢南先生，是《教師起動文藝雙月刊》的幕後推手，他是香港著名的詩人，也是多本文學刊物的編輯。

認識關夢南，始於他的新詩，可是，正式的邂逅，卻與工作相涉。

話說二十二年前，我離開杏壇，無意之中，卻闖入課程發展處，一頭栽進修訂預科課程的漩渦中，先是更新「中國語文及文化」的文化篇章，然後是預科「中國文學」課程的革新，接着是設計新高中的文學課程……無心

插柳柳成蔭，誤墮塵網中，一去幾近十八年。

中國文學科的修訂，帶來革命性的改變，尤其是在教學內容方面，引入文學創作，新的嘗試自然引起很多討論，贊成的意見固然存在，反對的聲音亦不少。文學老師或懷疑，或擔憂，反應都在預期中……在修訂的過程中，我們不時向來自教育、文學、學術等不同界別的朋友，徵詢他們的意見。

就在新修訂課程敲定之前，我們舉辦了一個研討會「談校園文學——寫意抒懷」，邀請了幾位嘉賓，跟中學老師分享關於創作，以及推廣校園創作的經驗和心得，其中的一位，就是關夢南。那是 2001 年 1 月！

及後，他還不時協助我們做教師培訓，擔任新詩創作工作坊、文學研討會的導師、講者。

日月流逝於上，人事幾許滄桑，又至 2018 年。

想不到十多年後的關夢南，仍鍥而不捨，為推動文學創作而努力！

為他人作嫁衣裳

大家都知道，關夢南有雙重身份，他是寫詩的人，也是資深的編輯，但兩個角色並不相悖，亦可平行發展。

關夢南受訪時侃侃而談

　　文學雜誌在文壇上，一直扮演着很重要的角色，除了推介各種文學作品，還是培育作家的園地。關夢南創辦文學雜誌的經驗，跨越四十多年。他在七十年代，便開始與友人合辦《秋螢詩刊》。

　　七、八十年代，是文學刊物的「流金歲月」，有《盤古》、《秋螢》、《詩風》、《70年代雙周刊》、《羅盤》、《素葉文學》、《大拇指》、《九份壹》詩刊、《八方文藝叢刊》等。可惜到八十年代末九十年代初，愈來愈商業化的社會，令創作的園地急劇地收縮。

　　1992年6月，關夢南接受了《星島日報》總經理香樹輝的邀請，編了一年多的「文藝氣象」，隨報附送，培養了好幾位出色的創作人，例如董啟章，「文藝氣象」正是他早期短篇小說發表的園地。

　　董啟章曾公開感謝關先生：「每天副刊的全版文學版，能讓一個全無創作經驗的新人每月發表一篇一萬字的

短篇小説，分三天連載，稿費三千元，不只在今天，在當時也是天方夜譚。」這樣的奇蹟發生了，而他也因為這機遇而開始了寫小説。一個小説家的誕生，背後不乏故事。

香樹輝離開《星島》後，關夢南又轉任《星島日報》學生報《陽光校園》文藝版編輯，歷時五年之久，不斷散播文藝的種子，造就的文青也不少，例如韓麗珠，當時還是個中學生，她也提起過每天下課後經常翻閱《陽光校園》的日子。

「別人説文藝無市場，我不同意，我認為文藝有它客觀存在的需要，這不屬於『象牙塔的思考』，而是通過整整十年——九十年代的實踐——而得知的事實。」關夢南斬釘截鐵地説。

「自 1995 年開始，香港詩壇又逐漸地呈現生氣，《呼吸》、《我們》詩刊的出現，各大專院校的詩社，網上與詩有關的網站湧現，大大小小的，不下二、三十個……」關夢

南繼續説下去。

　　隨後，《作家》於 1998 年創刊，由香港作家協會出版。踏入千禧年，古劍創辦的《文學世紀》，於 2000 年 4 月面世，獲藝術發展局的資助，斷斷續續維持了好幾年。

　　談及《詩潮》，關夢南指出：「『詩潮社』成立於 2000 年 11 月，主要成員包括崑南、葉輝和我，以及一批年輕的中、大學生詩人。」《詩潮》最初自資出版，其後得藝發局資助，於 2002 年 2 月出版，至 2003 年 1 月結束，辦了一年，共出版了 12 期。

　　接着下來，關夢南與崑南、葉輝合作，得藝發局資助，於 2008 年 3 月出版《小説風》雙月刊，提倡閲讀風氣，尤其是閲讀小説。「我們相信，任何一個識字的人都應該讀過小説，都應該有自己的『心頭好』。」結果，辦了三年，刊出不少名家之作，然而銷路不佳，「最低紀錄，是賣出 37 本。」

　　談到這裏，大家都嘆了一口氣。

《香港中學生文藝月刊》封面　《香港小學生文藝月刊》封面

「學生周報」的啟示

總結以往的經驗，痛定思痛，吸收教訓後，關夢南又重新上路。

他不服氣，認為「文學應該有讀者」，尤其是中學生，絕不能忽視。談起《中國學生周報》，他一再強調：「這份為中學生而編的報紙，可説是香港文化界的一個傳奇，出版了 22 年。」據説《周報》當年的高峰期，銷量多達兩萬五千份，不能不説是個奇蹟。《周報》停刊後，《大拇指》又於 1975 年創刊，這份適合中學生閱讀的刊物，讀者亦不少。

關夢南希望可以從中學校園做起，以中學生為對象，辦一份雅俗共賞的文藝刊物。「香港有五百多間中學，只要每間學校訂閱一本，便有五百多本的銷路。也許，中學生的文學水平不高，但在老師的鼓勵下，他們仍然會看文學雜誌……」

關夢南主編的《香港中學生文藝月刊》（下稱《中刊》）自 2011 年 2 月面世後，至今已出版了 88 期，除不斷獲得

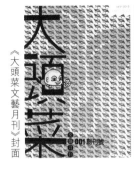

《大頭菜文藝月刊》封面

《教師起動文藝雙月刊》封面

藝發局撥款資助外,還深受莘莘學子歡迎,讀者人數已逾四千。

由於《中刊》的成功,關夢南開始關注小朋友的需要。「有小學老師告訴我,小學生也會創作啊,可惜苦無發表園地……」結果,為了提升小學生的閱讀及寫作水平,他毅然決定自資出版,在 2012 年的 11 月,《香港小學生文藝月刊》(下稱《小刊》)呱呱墜地。這本以小學生為對象的刊物,最初不斷虧蝕,艱苦經營了好幾年,近年的收支,才逐漸得到平衡。「直到今天,幾乎每天都收到家長來電訂閱。」

只要有夢想,凡事可成真。是耶?

除了主編《小刊》和《中刊》,關夢南又「心思思」,想為「文青」度身打造一本雜誌。《大頭菜文藝月刊》(下稱《大刊》)於 2015 年 9 月創刊,得到大部分文學界朋友的支持,捐款的捐款,訂閱的訂閱……書寫的人,不收稿費之餘,還訂閱多份,送給身邊的朋友。

「遺憾的是,現在很多年輕人喜歡寫作,卻不愛閱讀,『寫而不看』,靠他們訂閱,簡直是緣木求魚……」談

及這個現象，令人唏噓不已。

自 2017 年起，他調整了雜誌的編輯方向，以熱愛文學的高中生為對象，現時的《大刊》，約有 500 個訂戶，其中四分之三，就來自中學校園。

吹響文藝的號角

關夢南主編學生雜誌多年，寫作的多是學生，偶爾有中文科老師投稿，但數量的確不多。「中文科教師其實寫得不錯，可能是教務繁重，壓力太大，一年沒見幾篇……」

他在 2017 年底，在臉書上提出倡議：「中文科老師是一座睡火山：學者、作家和詩人多不勝數……只需十分之一人團結起來，辦一份文藝月刊，相信必定令社會側目。聲音還不止於此……我粗略計算過，僅需一千訂戶，即可自負盈虧，所有雜務由學生文藝團隊負責，不會增加教師任何額外工作。這座睡火山願不願意爆發呢？有沒有機會獅吼呢？一切你們說了算。坐言起行，首先要組織一個最少 20 人（愈多愈好）的編委會，再選出執委會，以後的瑣碎工作就全部交由我們辦。你或無意，但請把這消息傳出去……」

想起聞一多的〈一句話〉：「有一句話能點得着火。」

《教師起動》的出版，吹響了文藝的號角。

　　關夢南這段話，點燃引爆了中文科老師這座睡火山。不到一天，就有數十人按讚、分享，更有老師在帖下留言，主動參與，其中包括蒲葦、陳志堅、殷培基、司徒俊樂、邱銘熙……

　　關夢南一呼之下，幾十位老師紛紛響應，加入編委會，籌辦這本屬於教師的文藝刊物。不到半年，《教師起動文藝雙月刊》出版了，吹響了文藝的號角！

　　「香港不是沒有作品，是沒有讀者，沒有人氣。只要文藝刊物遍地開花，景象自然會煥然一新！」關夢南一貫的觀點，從沒改變。

　　他坦言：「就文藝閱讀人口及寫作人口分析，香港仍然有一未死的板塊——中學師生，其中又以中文老師最堪寄望。」

　　在《教師起動文藝雙月刊》的創刊語中，他也明白道出「香港辦雜誌難，文學雜誌更是票房毒藥」，沒有天時、沒有地利，幸而有的是「人和」——「大部分的中文老師凝聚起來，卻是一股沒有人敢輕視的力量。」更何況，「老師

的背後，還有數不清的學生」。

　　創刊號淡黃色的封面上，矚目的是「初心」兩字，正如司徒俊樂在「編者的話」寫着：「流逝的不只青春與時光，更是我們的『初心』——那份對中文的熱愛。」在末段，他接着說：「重新執起創作的筆，以筆尖劃出火花，把流逝中的初心重新點着。……我們不願初心在忙碌中消逝，但願你們看見，我們的夢。」

　　教師起動，能帶來些甚麼？邱銘熙寫道：「只要教師願意寫，學生便樂意讀，當中定有某些學生，被老師感染，從而激發起創作慾望。」

　　陳志堅提到：「由於社會氣候僵化，語文老師受着不同的壓抑與期許，驅使語文教學變質與異化。」同時他也道出：「如果我們樂意再次尋回文學的純粹，以寫作作為我們中文人的生活出口，那麼，教師們請提筆，在一葉知秋的生活品味中，描畫教師們曾經享受的寫作樂趣。」

　　殷培基告訴我們：「今天，《教師起動》創刊了，希望喚起更多學界的關注，更多中文老師的加入，由我們一班走在前線的中文老師，起動文藝力量，鼓勵老師和同學們一起投入寫作、欣賞文學。青春，就是堅持。誰都偷走不了。」

　　四篇「編者的話」，中文老師發自內心的呼籲，是何
等的真切！

　　正等着大家的回應。

　　但願這群熱愛文學的教師，能「找到集文藝和教學
並重的出路，且在路旁植滿繁花，盛開各種注滿生命力的
欄目，談古典、說當代、賞詩詞、寫遊記、論電影、好音
樂、書文藝，開一路『文學之夏』」。

　　我相信，只要肯堅持下去，不管晴天、雨天，明天也
會是美好的一天！

始於藝而及於人

　　十年前在《字花》「書寫的人」的訪問中，關夢南曾引
用周作人的詩句：「低頭只顧貪遊戲，不覺殘陽上土堆。」
而他說：「『遊戲』就是詩。」

　　我想，對關夢南來說，當下的「遊戲」，也許就是
「辦雜誌」。

　　他又說：「一個人不懂得生活，很難想像會有好詩，
所謂『始於藝而及於人』，『藝』易學而『及人』難。『及
人』其實就是『生活』最後的完成。」

　　多年來，關夢南寫詩，也辦過多本雜誌。一路走來，

他身體力行，除了創作，還致力於推動文學教育，對於校園創作的推廣，亦不遺餘力。

　　今時今日，同時出版四本文學雜誌，也許就是「始於藝而及於人」。

---

* 頁 91、92、93、95、101 圖片，由「灼見名家」提供；頁 96、97 圖片，由關夢南提供。謹此致謝。

關 夢 南 簡 介

關夢南，原名關木衡，廣東開平人，生於1946年。
1962年從廣州移居香港。七十年代與友人創辦《秋
螢詩刊》，曾於《快報》、《星島晚報》及《星島日報》
撰寫專欄。1992年主編《星島日報》副刊「文藝氣
象」，並於1993-1998年編《陽光校園》文藝版。歷
任多項新詩比賽的評判、多間中學駐校作家及《詩
潮》月刊、《小說風》雙月刊編委。現為《香港中學生
文藝月刊》、《香港小學生文藝月刊》、《大頭菜文藝
月刊》總編輯。著有《關夢南詩集》(2003)、《看海
的日子》(2008)、《關夢南散文選》(2010)，另編有
《中學生新詩選(1994-96)》、《中學生散文選(1994-
96)》及《中學生小說選(1994-98)》等。《關夢南詩
集》獲第七屆香港中文文學雙年獎新詩組首獎。

藝術的
「知者、好者、樂者」

司徒元傑專訪

有情世界談藝術

在大學時，念的是中文，可是經常流連的地方，卻是藝術系。我修讀藝術概論、中國美術史、西方美術史……還不時旁聽丁公——丁衍庸老師的課。

香港藝術館的展覽，不分古今中外，我總不會錯過。

因為「虛白齋」，對司徒元傑館長名字，當然不會感到陌生。

一直以來，他策劃的展覽，從展品的選取，到展覽的佈局、安排、部署……都給觀眾帶來驚喜。

2001 年「氣宇軒宏——李可染的藝術」，展覽以牛的意象，透顯中國人勤勞苦幹的精神面貌，令人低回不已。

2007 年「國之重寶——故宮博物院藏晉唐宋元書畫展」，展出張擇端的《清明上河圖》，哄動一時。

2011 年「墨韻國風——潘天壽藝術回顧展」，亦教人印象難忘。

正式認識司徒館長，是在 2012 年。那年 5 月，藝術館舉辦「有情世界——豐子愷的藝術」展覽，而且分為「人間情味」及「護生護心」兩個專題，在文化界引起極大迴響。我還就「護生護心」展覽，寫了一篇觀畫後記。

司徒元傑在中學演講介紹吳冠中。路漫漫其修遠兮，人生路上，他至今仍孜孜不倦，為推廣藝術教育而努力。

　　猶記得 2013 年 2 月，他到屯門天主教中學演講，題目就是「德藝雙馨——吳冠中」，他說得精彩而動聽，藝術家背後的故事，令人泫然淚下……

　　然後，是 2014 年「巴黎·丹青——二十世紀中國畫家展」。巴黎，前衛浪漫之地；丹青，傳統古老的書畫代名詞，二者並列，從作品到展覽的佈局，處處可見中西文化的碰撞和交流。

　　自 2015 年 8 月起，藝術館展開了大規模的擴建及修繕工程。

　　時間過得飛快，轉眼又到 2018 年，早在 7、8 月時，就想約司徒館長做專訪，可是他真的太忙，直到 9 月，他才抽出時間，接受訪問，地點就在觀塘香港藝術館的臨時辦公室。

　　訪談的內容，當然離不開「至樂樓」的書畫藏品、吳冠中的畫作，在短短約一個月內，藝術館先後獲得一古一今的捐贈……

　　話匣子打開，卻從他小學時代說起。

邂逅《芥子園畫譜》

司徒館長自小喜歡藝術，源於小學時代。

在小學三、四年級時，他已開始將人家在大廈後樓梯拋棄的舊雜誌，如《大成》、《大人》拾回家去，雖然不大了解雜誌的內容，但封面的中國畫對他來說，卻極為吸引——「如齊白石的畫，我很喜歡，但當時我根本不認識他是誰⋯⋯」他往往撕下封面，收藏起來；課餘翻閱《華僑日報》，亦會將文化版介紹畫展的文章剪下來，貼在簿上，製成私人「剪貼冊」。

在學校有美術課，他很喜歡繪畫，老師稱讚他畫得不錯，經常獲得「貼堂」的機會，也曾參加繪畫比賽獲獎。

他猶記得，有一次放學後，在觀塘逛書店，偶然發現書架的高層有一本《芥子園畫譜》，他隨手拿下來翻閱，覺得這本「古書」很有趣。

當時，他只是一個小學六年級的學生而已，果真「別有根芽」！

「這年暑假，哥哥做暑期工，賺了點工資，要送份禮物給我。」——他選的正是《芥子園畫譜》，收到禮物後，便開始用打字紙臨摹。傳統畫譜只有線條，他便自行加上

水墨，從此，愛上中國畫。

「眼見人家的畫蓋上圖章，自己沒有。當時不懂甚麼是印章，也不懂甚麼是篆刻，只知『紅色』的東西是父親在手冊上蓋圖章時的『印泥』……」館長很聰明，他學過用「薯仔」刻字，便用「擦膠」刻上「司徒」兩字，作為自己的印章，又從圖書館借來參考書，得知「印泥由亞麻仁油加艾草加硃砂製成」，於是用「生油」加上「紅粉」[1]，製成自家的「印泥」……

「教育理論有提及『遺傳與環境』，小孩在成長過程中，一定有不同的天分。男孩子喜歡畫大砲、鐵甲人之類的漫畫，自己畫得好似，想不到後來走上『中國山水畫』之路……」談起往事，他邊笑邊說：「藝術有『直覺』成分，有人視之為『幼稚』，齊白石在畫中展現的童真、直率，便教人着迷不已，無論是畫一隻蝦、一個枇杷果，都很好看。」

那時，他不知甚麼是宣紙，也不懂甚麼叫「水墨淋漓」，將《大成》中的封面細加觀察，不曉得何以「蝦」的墨色會化開。

---

1 紅粉：染料店所棄的紅色顏料，他拾回取用。

直到上中學，他才知道世上有「月宮殿」紙的存在，滲化效果像宣紙。偶然一次上美術課，無意中將普通畫紙弄濕了，待半乾後落墨，又發現「墨化」的效果。這才恍然大悟，原來這是近似齊白石的處理方法。

「兒童的好奇心，引發兒童的探索力，這種嘗試的動力，純粹來自興趣，是自發的行為，也是一種生活上的偶得。」念藝術教育的館長，分享了他的看法。

讓孩子發揮創意

司徒館長於英國念「藝術教育」時，曾研究當時香港的美術教育，他發現其中最大的問題，就是扼殺孩子的藝術成長——「例如在中秋節，老師派發畫紙後，便吩咐學生畫『中秋節』，完全沒有引導；或是將一份『教材包』派給學生，着學生做一個燈籠，作業完全一模一樣的，一點創意都沒有……」他愈說愈激動。

「這種教法完全無助於引導孩子發揮藝術潛質，最『弊』是用『似』與『不似』去評定學生的作品。學生畫得不似，便好有挫敗感……」而藝術不是以「似」為標準，正如齊白石所說，藝術的最高境界是「似與不似之間」。

他舉出另一個典型的例子，「中國書法如此優秀，為

何小孩子會『憎』寫書法？學校以『默書、謄文、罰抄』三座大山，將優秀的書法藝術轉化成最具懲罰性的行為，帶給學生最不愉快經驗⋯⋯而且當年的墨盒有一股臭味，寫毛筆字的集體回憶，就是給老師『懲罰』，而且『好臭』，多可怖！」與館長年齡相若的我，大有同感，未知年輕的讀者，可有共鳴？

「香港的書法教育徹底失敗，藝術教育亦不見得成功。」司徒館長一邊説，一邊搖頭嘆息。

西方的藝術教育又如何？在英國念大學時，他曾往當地學校觀課，觀察學生上課的真實情況，跟香港的完全不一樣，「首先，他們不會以『似』作為評賞標準，教師會引導學生去探討、去發掘，刺激學生創意，不會隨便作出評價，也不是要學生當藝術家。」這種教學方向，對他的影響很大。

從「拆解」到「策展」

「展覽的目的就是要將藝術作品介紹出去，讓大眾了解、欣賞……藝術家很偉大，他們透過慧眼，將紛紜的世間事物，加以組織、沉澱、昇華，創作為藝術品。策展人就是要將作品『拆解』，用深入淺出的手法、立體的角度去展現作品的特色……」他回港後當策展人，信念亦植根於此。

「例如豐子愷的作品，可從文學的角度，亦可從歷史角度去了解。藝術家的思想、生平經歷，其實都很精彩……」司徒館長策展經驗豐富，順手拈來，例子比比皆是。

「又如吳冠中，他在五十年代選擇回國。四十年後重返巴黎，與老同學熊秉明見面，熊問他：『你有無後悔？』他堅決地說：『我不後悔！』對於自己的遭遇，他也沒有提出控訴。如果他選擇留在巴黎，反而會有失落感，民族感情的失落感……」回顧吳冠中的遭遇，以及他的藝術，再探索何謂「民族感情」，可以重新作出理解。

2010 年，因為「獨立風骨——吳冠中捐贈展」，司徒館長到北京訪問吳冠中，再問他：「你後悔嗎？」他亦答

曰:「不後悔!」不過,重提舊事,令吳老很激動,還為展覽寫了一篇題辭:

> 獨木橋頭一背影,過橋遠去,不知走向何方。
>
> 60年歲月流逝,他又回到了獨木橋,
>
> 老了,傷了,走上橋,面向眾生。

「『傷了』是甚麼意思,他在講自己的『苦難』……」館長補上一句。

吳冠中另有一篇文章,是在1995年研討會上的演講稿,他提到「苦難對藝術家來說,是一種『恩賜』,沒有這些苦難,藝術家就成不了藝術家,如果梵高的命運不坎坷,就沒有梵高……」

事實上,二十世紀不少學者、藝術家、文學家都面對這些境況,如季羨林、老舍……還有石魯、李可染、黃永玉、潘天壽——「2010年,我去杭州潘天壽紀念館籌辦展覽,他的兒子潘公凱教授告訴我,門前那條西湖邊上的南山路,當年地上就幾乎寫滿了批鬥潘天壽的大字

報，要他邊走邊跪。我走在那裏，那種感覺又來了……」

「又如豐一吟大姐，眼見父親豐子愷捱批，她說『不要批他，批我吧！』，甚有花木蘭『代父從軍』的氣概，帶有保家衛國的精神，而在中國那個時期，中國人鬥中國人，令人多悲痛！」司徒館長曾為多個藝術家策展，說到這裏，感慨不已。

「做展覽其實不止書畫咁簡單！」溫文爾雅的館長，淡淡道來，卻擲地有聲。

「藝術透顯人性、性靈，與性情有關，是屬於精神性的東西，亦與道德有關。欣賞一張畫，是視覺藝術，看到美好的、愉悅的東西，但對創作背後的理念，以及藝術家創作的過程，多加了解，會產生不一樣的觀感。」作品的背後，其實可以滲出很多觸動心弦的小故事。

話說有一次，為了籌備李可染的展覽，司徒館長到北京挑選展品，他還記得與李老後人聊天的情景，了解到大師背後「實實在在的東西」，當中也有不少感人的故事。由於李可染下放農村時缺乏紙張，他只好在同一張紙上，不斷地練習寫字，乾了再寫，久而久之，於是將這張紙填黑了，產生了一張「全黑」的畫紙。這事件不單突顯出李可染當時境況之艱苦，亦反映了他不屈不撓的精神和堅韌

不拔的毅力。館長提出借展這張「黑紙」，成為會說故事
的展品之一。

　　為何二十世紀中國偉大藝術家的遭遇總是如此坎坷？
這實在是時代的悲哀——「捱過了，死不去，便可留下
來。」這些藝術家還有一個共通之處，就是在惡劣的環境
中還能堅持藝術創作。

　　「行為藝術」其中一種手法是通過一些裝置或行動去
表達一種概念，亦可視之為一種實驗。李可染那張「黑
畫」，是發自內心的行為，並不是無病呻吟、刻意經營之
作。他做的時候，當然並沒有界定這是「行為藝術」。

　　館長突然想起了一件「裝置藝術」，安放在華盛頓的
「大屠殺紀念博物館」內——兩大塊玻璃中間，夾着很多猶
太人的頭髮，那正是他們被迫進入毒氣室之前，被剪去的
頭髮。這件展品的震撼力相當驚人，對人類的悲慘命運，
對於大屠殺，提出一種有力的控訴，教人禁不住掉眼淚。

　　由此可知，我們可以從歷史角度去看現代藝術，透過
藝術品，可以引發感情，帶出思考——「以前看藝術品，
藝術就是藝術，但現時策展，可將這個元素加入展覽中，
在視覺藝術以外，多帶出一些情感和精神性的東西。實踐
證明，一直以來，我們處理得頗為成功，效果亦相當不錯。

事實上，藝術的最高境界就是情感方面的東西，引導人家多看一點、了解多一點，也是好事。」司徒館長如是說。

每次北上探訪回來後，他與策展團隊便會將大師背後的故事整理出來，介紹給藝術館的導賞員，讓他們在現場與觀眾分享。近年，他還留意到視像媒體的作用，把策展過程和展覽內容變成影像記憶，在學校播放推廣。「自己先要將感情投入，才會有更大的成效。」

藝術感染力可與歷史、時代掛鈎。如「獨立風骨」展出吳冠中的水墨畫《拋了年華》，作品畫語「寧折毋屈、不惜年華」，引發了多少人的共鳴、反思？！

據說，吳冠中很喜歡悲劇，「從感情壓抑着，由熱淚盈眶，到迸發出眼淚，是一種感情的滌盪激發。」這就是藝術的力量！

中國文化的底蘊

談到現今社會年青人的精神面貌，司徒館長指出：「愈來愈少學生選擇念文學、藝術，很多年輕人急於求成，大多選擇一些刺激感官的東西，而那些要浸淫、要讀

書的學問總會被忽視。研究藝術，一定要多念書，因為要研究作品背後的文化底蘊，例如文學、歷史。這種求知的精神，似乎已敵不過目前的潮流。」

人們追求快速、易得的東西，幾句看完的短篇，最受歡迎，大部分人不喜歡閱讀長篇大論的東西，這是惡性循環，歷史發展到這裏，好像是到了一個必然階段。雖然如此，但館長引述萬青屴教授的話：「我們對中國文化要有信心」，期望輸出正能量。

萬教授曾有一段頗不愉快的經歷，他畢業於中央美術學院，當年被打成「壞分子」，進了「牛棚」，認識了很多大畫家，如李可染、陸儼少等。後來他去美國念書，然後來到香港，在香港大學任教多年。當年館長籌劃他的藏品展覽「存念」時，萬教授談到自己在「牛棚」時的經歷，說起一件往事……

「有一次，他在一個偏僻的農村，看到幾個孩子在村口『玩寫詩』，他很驚訝，也很感動。你想像不到，詩還是押韻的，像『打油詩』。」司徒館長接着說下去。

「萬青屴教授看到這個情景，頓然領悟到中國文化優秀之處，是不會失去的，它會慢慢滲透，遇上合適的土壤，便會開花結果。萬教授感慨地指出『面對這個時代，

我們要接受在腐敗中求進步』。」

「我們要化消極為積極，面對腐敗，尋求進步，難度當然會高一點，所用的時間也要多一點。」司徒館長曾到中學演講，從藝術談到德育，引起了不少學生的反響，播下種子。

藝術教育不可少

「時代在變，藝術要從教育入手，我們要多做一點功夫，尤其是從準教師開始。」司徒館長一再強調，2019 年藝術館重開，「藝術教育」是不可或缺的一環，他想與香港教育大學合作，研發教案、教具……

他想起當年投考助理館長時，遇上三位考官——譚志成、曾柱昭和丁新豹。「我在面試過程中曾説過一句話，令他們覺得很 impressive ！」

他們的問題，是——「如何推廣博物館的展覽？」

　　館長的回應，且聽他道來——「所謂『擒賊先擒王』，我認為要向教師『埋手』，先讓他們明白，並產生共鳴，如此發揮出來的效果，至少可以影響一班學生，甚至更多人，收效極高。」確是卓見，難怪成功獲聘。

　　正因如此，藝術館出版了很多教育小冊子，例如策劃「獨立風骨」展覽時，為了推廣藝術教育，他們編製了《小畫簿速寫大世界》，介紹吳冠中的速寫藝術，對象以香港年輕人、學生為主。編製團隊緊密合作，館長表明「自己很肉緊」，不時找教師提意見，常問：「這樣寫，學生明白嗎？用字、用詞如何？」小冊子的設計模式貼近「漫畫」，用 "speech bubbles" 展示，連字體亦考究，採用「小朋友」樂見的字體。

　　吳冠中看到小冊子後感到很滿意，亦感到開心。因成本昂貴，政府資源有限，故印量不多，有見及此，吳老一聲「我給！」，便捐出六萬元，結果加印了二千冊並寄到學校圖書館去。「雖然做得很辛苦，做完之後，同事們很有成功感，也感到很滿足。」館長一邊翻閱這本小書，邊說起往事，笑瞇瞇的，喜形於色。

　　藝術館編製的小冊子甚多，「李可染、黃永玉、潘天壽、豐子愷等展覽都有！」

帶着手卷去旅行

吳冠中經常在江南一帶寫生，柯橋、甪直、朱家角、周莊、西塘、紹興……全是蘇浙一帶的水鄉，司徒館長全都去過了。在未做吳冠中展覽之前，他對這些地方已深感興趣，覺得這些地方的黑瓦白牆民居，很有味道，亦富詩意。

以實景對比作品的畫面，是館長最愛做的事情，例如「繁華都市」展覽，展出與乾隆下江南有關的《姑蘇繁華圖》，是清代宮廷畫家徐揚創作的一幅長卷，比《清明上河圖》還長一倍多。展出之前，館長沿着乾隆的路程，從木瀆到蘇州走了一趟，還拍攝了很多照片應用於展覽，「可以感受一下，為何畫家會如此繪畫，他一定按照皇帝的意思去畫，如何取捨？畫甚麼，不畫甚麼，都反映了皇帝的心意。」

如此這般欣賞一幅作品，他覺得很有意思，當時有一本旅遊雜誌訪問了他，標題就喚作〈帶着手卷去旅行〉。

「其實，我是受日本旅遊書影響，日本人很厲害，他們設計了不少很有意思的旅遊路線，如『梵高之路』。」受到啟發，「我們也可設計『吳冠中之路』，他去過那麼多的地方，我們拿着他的畫作，沿途觀察『似』或『不似』的地方，一定很有趣……」館長愈談愈興奮，彷彿已置身江南，遨遊水鄉。

相遇相知吳冠中

　　驀然回首，司徒館長初次接觸吳冠中的繪畫是在集古齋的畫廊，那是七十年代，他正念初中。「寥寥數筆的墨線和幾抹銀灰色塊……極富跳躍感的紅、黃等鮮明色點。這些似點苔又非點苔的色點，在白、灰色調為主的平面上非常醒目，為素雅的畫景注入明快的音樂節奏感。」這幅畫描繪的是一角江南民居。

　　1995 年，香港藝術館舉辦了「二十世紀中國繪畫——傳統與創新」展覽暨國際研討會，還策劃了吳冠中個展「叛逆的師承」，吳冠中更以「藝術家所起的教化作用」為題，在研討會中演講，博得眾多熱烈掌聲。那次展覽吳冠中捐贈了經典之作《瀑布》給藝術館。

　　七年後，2002 年藝術館再舉辦「無涯惟智——吳冠中藝術里程」。這次大型的回顧展，呈現吳冠中「從具象到接近抽象」的藝術發展。「展場中建造一個展示專區，讓觀眾穿過兩扇模擬江南民居的窄門進入展室，在刻意調白的燈光照耀下，一堵白牆上依次展示出三幅作品——《雙燕》、《秋瑾故居》、《憶江南》，清晰展示了作品相互聯繫中蘊含的美學訊息。」如此設計，不單教吳冠中深受感動，亦令他無比震撼。

吳冠中道出：「作者的喜悦莫過於被理解、遇知音⋯⋯」他最終將這三幅畫作，以及另外八件作品捐給藝術館。

2009 年底，館長又收到吳冠中的北京來鴻「人生百年，我已 90⋯⋯今補贈晚年精選新作 30 幅，可見一生發展全貌。」對於這批重要的捐贈，藝術館決定舉辦「獨立風骨——吳冠中捐贈展」，向吳老致敬。

回想 2010 年的展覽，司徒館長如此描述：

在展覽廳入口，你會看到吳冠中的題辭，字字動人心弦——

獨木橋頭一背影⋯⋯老了，傷了，走上橋，面向眾生。

進入「《雙燕》展室」，江南情懷盡顯眼前，而另一展室放着吳冠中用過的畫氈，令觀眾「睹物思人」。展覽有六十多張畫，都是吳冠中在生時及離世前最後一刻捐給香港藝術館，館內不住播放着吳冠中 2002 年在香港時的活動情況，迴環往復⋯⋯

2018 年這次捐贈，可說是第六次，連同以往的捐贈，

加起來有四百五十多件。大部分是畫作，包括七十年代他下鄉時，使用農民拾牛糞用的「糞筐」作工具所繪畫的《山下人家》，以及多幅經典畫作的寫生原稿，如《寧波水鄉》（《雙燕》原稿）、《漢柏寫生》和《蘇州水巷》，小部分是文獻，還有吳冠中生前常用的印章、留學法國證件以及法國政府頒授的勳章等。

我提到當年展出吳冠中考取公費留學法國的「考卷」，館長又忍不住說出一段往事——「這份考卷是複製品，因為吳冠中的考卷內容寫得太精彩了，所以當時的評卷員，也忍不住手抄一份保存下來。這位評卷員逝世後，其家人才發現這份手抄本……藝術館將複製品借來展覽。」吳冠中背後的故事，實在太多了，而且都非常有趣動人。

追蹤大師的足跡

「我根據他寫的文章、筆記、日記，追蹤他的步伐，腦海中有一張地圖，那是吳冠中在巴黎活動的地圖。」司徒館長到過幾次巴黎，都是為吳冠中而去的。

吳冠中《寧波水鄉》（《雙燕》原稿）（一九八〇年）香港藝術館藏品（吳冠中先生及家人捐贈）。

吳冠中《雙燕》（一九八一年），香港藝術館藏品（吳冠中先生及家人捐贈）。

　　吳冠中在巴黎習畫時，經常在「大茅屋」（Grande Chaumière）練習人體寫生。大茅屋是在蒙帕納斯（Montparnasse）區的一個畫室，內有模特兒專供寫生。吳冠中本來是人體畫家，但回到中國後，卻不被准許他再繪畫這題材，實在令人傷感。

　　大茅屋附近街頭，有一個羅丹的雕塑——巴爾札克像，後來也成了吳冠中畫作的素材。

　　「我每次去巴黎，都住在蒙帕納斯的小旅館，那處的氣氛很好，而且附近就是蒙帕納斯公墓。籌備『巴黎·丹青』展覽時，我曾到那裏去尋覓潘玉良的墓，真的不易找。

我在網上找了一幅相片，她的墓碑是黑色的，背景遠處有屋，於是我便在墳場中，找到一處背景有屋的方向，沿着這個方向去找，終於給我找到了，當時，真有『眾裏尋她千百度』之感⋯⋯鞏俐主演的電影《畫魂》，説的就是潘玉良的故事。」館長娓娓道來，引人入勝。

為了探索吳冠中的藝術，他也跑到蒙馬特（Montmartre）去。吳冠中很喜歡法國畫家莫里斯・尤特里羅（M. Utrillo），他畫的灰調亦受其影響。尤特里羅出生於蒙馬特，他在那裏生活，在那裏繪畫，死後也葬在那裏。當時一班巴黎藝術家就生活在蒙馬特，在那裏進行創作活動，如達利、莫內、畢加索。「追蹤 Utrillo 及吳冠中，看看他們畫過的風景，在畫家流連的 café 喝咖啡⋯⋯」説起來，多寫意。

所謂藝術之路，就是追蹤藝術大師足跡的實地旅遊，如同文學之旅、文學散步一樣。「文學與藝術有相通之處，吳冠中曾説『一切藝術應出於詩』，詩即詩意，也就是意境。透過美，求真求善，就是詩意。」館長不忘補充。

無悔闖進藝術圈

在教育學院畢業後，司徒館長一直想到法國進修藝術，在香港的法國文化協會（Alliance Française）念了一年法文。當時他的畫友趙廣超已在貝桑松（Besançon）念書，館長報讀了法國的美術學院，獲得尼斯（Nice）的美術學院取錄。於是他預先到巴黎探看，發現當地的中國藝術家太浪漫了，縱使在街頭賣畫為生，生活比較潦倒，也毫不在意。

他轉念一想，追求藝術之餘，也要兼顧生活，於是轉往英國華威大學（The University of Warwick）念「藝術教育」。

在大學修讀的課程中，教育理論佔三分之二，而創作佔三分之一。他在創作方面表現優異，令 Professor 為之激賞，不單借出 studio，讓他自由創作，還替他辦了一個個人畫展。他畫的抽象畫、人體寫生，還有國畫，出乎意料之外，幾十幅作品竟然全部賣光了。難得的是，高雲地利（Coventry）市博物館收藏了他兩張作品，大學基金會亦買

了幾幅，所以他仍有幾張畫保存在當地博物館內。

教授勸他留下，繼續發展創作，還介紹他到英國 Commonwealth Centre，商談在倫敦開展覽。他回心一想：「自己當初去英國念書，就是想兼顧生活，為何畢業後，又想走上另一條藝術之路呢？」於是他猶豫了。

「個展好像很成功，帶來一時的快感。我做一些帶有中國元素的東西，外國人覺得很 amazing，但自知這些東西並非很有創意，發展機會可能有，但太渺茫……」經過理性分析後，他決定返回香港從事藝術教育工作。

回港後不久，他便進了香港藝術館工作，致力以一個美術老師的角度去策劃展覽，將教育元素滲入其中。

教育理論中涉及的心理分析、兒童發展過程、人類接受知識的過程等，都是科學化的研究，有一定的參考價值，「假如掌握了這些理論，將展覽內容演繹出來，就會收到事半功倍之效。」

「策展就像寫課堂教案，先說 Motivation（引起動機），例如策劃李可染的展覽，介紹他擅長繪畫的《沐牛圖》，將一頭只有半身的水牛模型放在展廳門口，先聲奪人，引起觀眾對中國畫『留白』技法的好奇心。所謂『五段教學法』，永遠適用，好的東西可以是永恆。正如黃永玉在藝術

館的一次演講中曾説：『評定藝術，最重要不應是新與舊之分，而是好與不好之別。』」館長繼續説下去。

「策劃展覽，如同教學，展覽廳好像課室一樣，觀眾走進來，到最後走出去，就好像上了一節課。他們有甚麼評價、學到甚麼、有甚麼反應……有些寫在意見簿中，有些乾脆説出來，這就是 Evaluation（評估）。不過，叫好、叫座是兩回事，正如吳冠中所説『群眾點頭，專家鼓掌』，既要讓普羅大眾有所得着，又要兼顧藝術成效，如何取得平衡，真不容易。」館長侃侃而談，闡述自己的觀點。

作為策展人，一般人視之為職業，司徒館長卻視之為事業，「這不是一般工作，而是不斤斤計較，講心、講理想，做好之後，有一份滿足感。我慶幸認識到一班好朋友，例如丁新豹先生，我們常常傾談、溝通，認為『做博物館工作要有 feel』，便是如此。」

「我很感恩，擁有這份工作，你到哪裏去找？離開學校，仍可繼續學習、看書，需要不斷去鑽研，到圖書館去找資料。如果投身商界，可能沒有這種福氣。最近我因為吳冠中的捐贈和展覽，又看了很多書。」那份滿足之情，溢於言表。

中國畫的「曲」與「藏」

自 1986 年進入香港藝術館後，司徒館長一直在中國書畫組工作。為了進修，他到香港大學念碩士，研究明清古畫，再強化自己的研究理論根柢。

他做專題展覽，每個展覽都有一個主題，例如「園林」。園林畫作是明代流行的題材之一，園林的設計和佈置體現了藝術家的審美意趣，又可以展現園林的美學概念。

「中國畫中有兩個很高的境界——『曲』與『藏』，而在園林建築設計中也可大量發揮曲、藏效果，例如移形換步、半遮半掩……」從這個角度去介紹國畫，他覺得很有意思。

現代人重新演繹古畫，館長認為可循着「臥遊山水」這個方向，引導觀眾去欣賞，將動畫效果注入畫中，以淺白活潑的手法，帶領觀眾步進園林的天地，跟着畫家的筆觸，遊走於畫中……如香港藝術館虛白齋收藏的一幅園林繪畫——文徵明《長林消夏圖》。

2015 年，香港藝術館進行翻新裝修，司徒館長取得利榮森紀念交流計劃的資助，以資深訪問學人（Senior Fellow）身份，前往英國倫敦，在大英博物館看藏品、做鑑

定……進行為期四個半月的中國畫專題研究。

期間他在倫敦皇家藝術學院（Royal Academy of Arts）演講，題目就是「園林與中國繪畫的美學」。演講最後播出一套他和趙廣超共同研發的《長林消夏圖》動畫，介紹中國畫構圖與遊覽園林經驗的關係，可謂畫龍點睛。「我們介紹中國畫，不能再傳統地說甚麼『美啊』、『氣韻生動』……太迂腐了。」以新手法，例如動畫切入，是踏出成功推廣的一大步。

其後，趁着這個難得的機會，他又去了布拉格、蘇黎世、巴黎等地的

文徵明（一四七〇―一五五九）《長林消夏圖》（一五四七年），香港藝術館虛白齋藏品。

博物館，觀賞大量中國古畫，看了很多精品，而且也做了很多筆記，待有空時便會整理發表。

合作無間創動畫

2016 年，一個以「竹」為主題的展覽「竹都好有趣——藝術館在這裏」在中央圖書館展出。

「竹」在中國文化中，非常奇特。「我們特別邀請了多位外國的館長以各自的觀點，從他們的博物館中選取一件與『竹』相關的藏品，包括繪畫、文物、用具……撰寫介紹文章。展覽內容從一支『篤』魚蛋的竹籤説起，到鄭板橋的墨竹，從通俗到高雅，從藝術作品到日常生活用品……在中國四川山區，甚麼竹製品都有，竹枕、竹床褥、竹衣 [2]，甚至連竹『單車』也有。」司徒館長談到有趣的展品，登時眉飛色舞。

他與趙廣超合作，製作了很多動畫，例如「竹中趣」，把竹刻和《長林消夏圖》巧妙結合，形象化地呈現當中的意境，更能吸引年青觀眾。此外，還拍了有關竹與日常生活的紀錄片……

2　竹衣：竹粒細如小珠，可織成竹衣，昔日香港戲班中大老倌，穿在身上，用以排汗。

這個展覽，展期只有一個月，接着便送到新加坡展出。

司徒館長與趙廣超，早年已認識，彼此都熱愛繪畫。其後，趙廣超去了法國學美術，他則去了英國念書。相隔多年，大家在香港再重遇。

「我很幸運，遇到很多好人，與趙廣超識於微時。有趣的是，當年他畫西畫，我正就讀教育學院，曾經臨摹《清明上河圖》，他還取笑我虛耗生命。想不到，多年後，他竟出版了一本《筆記清明上河圖》，世事就是這樣奇妙……我們一起參與 2010 年在亞洲博覽館舉行的動畫版《清明上河圖》工作。他有自己的工作室，又曾免費幫忙藝術館製作動畫。」談到老朋友，館長滔滔不絕的説起來。

兩人合作無間，例如《姑蘇繁華圖》、《養心殿》等展覽，以及電視紀錄片《觸得到的故宮》。館長又曾與趙廣超構思一個教育專輯《清明上河語紛紛》——「畫面從村口一間屋説起，它的屋脊是彎的，而城中另一間建築物則

說『我的屋脊是直的』。為何有的『彎』？有的『直』？原來『彎』是因為農村所用的是平價木材，而城中有錢人才能買來直木，因為將木條弄直價錢昂貴。這幅宋代名畫顯示了貧富懸殊的社會現象。而繪畫技巧方面，畫中的直線條是有工具輔助的『界畫』技法，與徒手畫法是兩種取向，代表兩種不同的品味。」

司徒館長希望與趙廣超合作的下一個項目，內容是有關吳冠中和「至樂樓」的展覽。

一古一今的捐贈

談及「至樂樓」中國書畫藏品的捐贈，「上海博物館有『過雲樓藏品』；香港藝術館有『虛白齋藏品』；中文大學文物館有『北山堂藏品』；而『至樂樓藏品』是香港收藏家何耀光先生的珍藏，其中包括大量明末清初『明遺民』作品。」司徒館長更是如數家珍。

他在香港大學寫碩士論文時，曾引用《至樂樓藏明遺民書畫》一書的資料，但苦無機會看真跡，故特別留意「至樂樓」的消息，一直追蹤藏品下落。

何耀光先生逝世後，他剪下報章訃聞，夾存在一本有

關「至樂樓」藏品的小書中。其後因緣際會，與何氏家族相約見面，商議借出藏畫辦展覽。大家正在傾談之際，偶然翻閱此書，訃聞竟無端跌出！ 2010 年，何氏家族慷慨借出藏品，香港藝術館成功舉辦了「明月清風——至樂樓藏明末清初書畫選」展覽。

事有湊巧，當時美國大都會博物館的館長正路經香港。1976 年，這位館長在美國讀大學時，曾往台灣做研究，亦到過中文大學出席有關至樂樓藏品的研討會。他覺得這批藏品非常精彩，於是提出將整個「明月清風」展覽借到美國，在大都會博物館展出，得司徒館長穿針引線，並由藝術館負責送展工作，何氏家族答允借出。香港的藏畫，有機會遠赴重洋，到美國展覽，他們亦感到很欣慰。從此司徒館長與何氏家族建立了良好的關係，互有來往。

2016 年 8 月，館長從英國回來不久，便接到何氏家族電話，他們希望可「化私為公」，將 355 項「至樂樓」珍貴書畫藏品捐贈予香港藝術館。

「何氏整個家族都很有心，實屬難能可貴！『為善至樂』、『保存古書畫和國粹』是何耀光先生的理念，他們將整批書畫捐出來，不單香港人受惠，中國書畫的藝術精粹，亦得以藉此廣為流傳。」館長再三強調「感恩」二字。

　　隨後，館長與吳冠中兒子吳可雨會面，他秉承父親遺願，再次慷慨捐出大批吳冠中的作品。

　　接受捐贈藏品，除了文件工作外，安排藏品的接收、維修和保養等工作都非常繁複費時。歷時一年半，兩個捐贈儀式，才分別安排在 2018 年的 7 月和 8 月在禮賓府舉行。

　　吳冠中固然是「獨立風骨」，而至樂樓藏品中大量「明遺民」書畫家亦蘊含「古代風骨」，一古一今，藝術家和他們的作品俱引人入勝。

　　香港藝術館將於 2019 年底完成翻新工作，籌劃設立「吳冠中藝術廳」和「至樂樓藏中國書畫館」，長期展出相關藏品。

　　藝術館重開時，會舉辦兩個專題展覽，至樂樓展覽名為「眾樂樂」，反映何氏家族化私為公捐贈的高尚情操。

　　吳冠中展覽名為「從『糞筐』到『餐車』」——「糞筐」代表吳冠中七十年代下鄉時期的畫作，至於「餐車」，也大有來歷。2002 年香港藝術館舉辦「無涯惟智」展覽時，邀請吳冠中在藝術館外的平台進行一項教育活動「速

寫維港」,他即興就地取材,以「餐車」作畫桌示範速寫。「從『糞筐』到『餐車』」這展題,反映吳冠中一以貫之樸實無華的藝術情操,寓意深長。

尋求心靈的滿足

司徒館長早年留學英國,回到香港後,曾遇到一位隱世畫家龍子鐸,他住在青山一所庵堂的閣樓,畫風近黃賓虹,館長拜師學藝,跟隨他學習山水畫。可惜後來因工作太忙,公務纏身,策展之餘,還要寫文章、做研究,心境缺乏閒暇,最後只好停下來。

「將來退休後,我一定要重拾畫筆,跟籌辦展覽、做研究和欣賞藝術品相比,創作其實是最開心的,追求藝術享受的最高境界,也是最『過癮』的一回事。」他輕描淡寫地道出心聲,眼神中充滿期盼。

館長也曾學習篆刻,早年在中學教書時,為學生課外活動成立「篆刻學會」。

接着,他分享了一則感人的小故事——「有一次在三聯書店看書,一個小伙子走過來,對我說:『司徒 Sir,我

在看篆刻的書。』這位年輕人，大概是早年的學生，但我已經完全認不出他來，他是在『篆刻學會』的課外活動中學過刻印章，現在竟然還在『玩』篆刻……不禁令我想起自己少年時在書架抽出《芥子園畫譜》的往事……」這就是藝術教育，信焉！

司徒館長在〈緣——從認識到認知吳冠中〉一文中說過：「作為一個藝術『知者、好者、樂者』，從踏足藝術之途開始，上下求索，至投身藝術行政、推廣……」

路漫漫其修遠兮，人生路上，他至今仍孜孜不倦，為推廣藝術教育而努力。

我想，李義山詠燈的詩句——「皎潔終無倦」，正是他的最佳寫照。

---

* 頁 111、113 圖片，由「灼見名家」提供；頁 107、120、129 圖片，由司徒元傑提供；頁 115、118、124、125、126、127、128、133、135、136、138、139 圖片，由「香港藝術館」提供。謹此致謝。

司 徒 元 傑 簡 介

司徒元傑，於香港教育學院修讀教育和藝術，後往英國升學。畢業於英國華威大學（藝術教育學士）、香港大學（中國美術史碩士），並取得澳洲悉尼大學博物館學文憑。現為北京清華大學吳冠中研究中心學術委員、北京畫院研究員、利榮森紀念資深訪問學人。自 1986 年起，任職於香港藝術館至今，曾任館長，主管「虛白齋藏品」及中國書畫部門，負責策劃多個書畫展覽和相關活動，包括：虛白齋明清書畫系列展「園林與繪畫」、「揚州八怪」、「仿古繪畫」、「書風的變奏」；二十世紀大師展有齊白石、李可染、黃永玉、林風眠、豐子愷、吳冠中等，以及留法畫家展「巴黎・丹青」；國際外展「至樂樓藏品——紐約大都會博物館」、「嶺南畫派——巴黎賽努奇博物館」；古代書畫展「國之重寶——故宮博物院藏晉唐宋元書畫展」、「上海博物館過雲樓藏品」、「繁華都市——遼寧省博物館藏畫」，以及「大阪美術館藏宋元明書畫珍品」等。常於內地和香港發表文章，並於各大學、博物館及教育機構演講，曾在香港電台主講藝術欣賞節目。現為香港藝術館首席研究員（至樂樓及吳冠中藏品），負責建立兩大捐贈展覽廳，並統籌策劃相關展覽和活動。

「收而不藏」說文物
「文化傳承」論藝術

李美賢專訪

　　十多年前，已聽過李美賢老師的專題演講，她就少數民族的服飾，作出分享，並展示豐富藏品，令我們大開眼界，也長了知識。近年，她常以敦煌為主題，主持講座，一直致力於敦煌藝術的推廣。

　　2017 年，我參加了日本關西的「文化遊」，此行由丁新豹先生擔任隨團導師，除了欣賞奈良正倉院的珍藏，也參觀了不少寺院、博物館，還有考古遺址……丁先生的精講詳解一貫的動聽，讓大夥兒增益良多，李老師是其中一位團友，沿途得她就佛教藝術作出分享，亦令人增加了不少知識。

　　李老師從事中國文化推廣及教育的工作，已有三十多年，自 2010 年開始，她更出任「香港敦煌之友」的副會長，為推廣敦煌的文化藝術而不斷努力，孜孜不倦。

　　2014 年 11 月，香港文化博物館與敦煌研究院合辦「敦煌——説不完的故事」展覽；相隔不到四年，至 2018 年 7 月，兩個機構又再度合作，舉辦「數碼敦煌——天上人間的故事」展覽，展品逾一百多組，透過數碼化保護技術的方式，展現敦煌的出土文物、石窟藝術。這兩次展覽的支持機構，正是「香港敦煌之友」。

　　一直都想約李美賢老師做專訪，可是她忙得不可開

交，奔走於中港兩地，風塵僕僕。就在 9 月和 10 月這段期間，除了導賞「數碼敦煌」，她還帶領兩個旅行團走訪敦煌，又擔任幾個敦煌專題講座的主講嘉賓，其中一個還在杭州舉行。

直到最近，她才擠出一點時間，接受訪問，地點就在香港大學的饒宗頤學術館。訪談的內容，當然離不開她珍貴的藏品，也少不了敦煌……

我們一聊，便聊了大半天。

「慧根早種」話當年

李老師是研究少數民族歷史和服飾的專家。一談之下，才知道她自小便對服裝產生興趣，她的姑姐當年留學美國，寄回不少時裝雜誌、服飾目錄……三歲時，除了拿起毛筆，摹寫「上大人孔乙己」，她已開始翻閱一本本厚厚的、沉甸甸的服飾大書。

她好奇心特別重，自幼便不喜家中的傭人揹她，反而樂於四處走動，觀察周圍事物，例如對着農民家中的雞籠，已可看足一整天，又愛看花、看草、看樹木。「我第一次嘗試種的是一條葱，又曾試過種雞冠花，看着花兒從發芽到開花結果，簡直其樂無窮……」植物的苗長，令她感

到生趣盎然。

　　「我喜歡為『公仔』換衫，也會織『冷衫』給公仔穿。」原來年紀小小的她，已學會編織，懂得以「香雞腳」為織針，打毛衣讓娃娃穿上。長大後結婚生子，她會為家人編織毛衣、頸巾……可謂多才多藝！

　　據族譜記載，李老師祖籍隴西。她出生於廣東台山一個大家庭，家人在台山省城經營戲院，既上演粵劇，也放映中外電影。父親畢業於中山大學；母親念師範學院。家中不時舉行音樂雅集，她還記得小時候，早上總在夢中被父親的小提琴聲喚醒。

　　家裏掛上許多古代書畫，偌大的書齋中堆滿線裝書，牆上掛着古琴，前面還有個種滿蓮花的大甕缸，令她想起司馬光「砸缸救小孩」的故事。可見她自幼的觀察力特別強，而且聯想力亦非常豐富。

　　她自小就擁有很多玩具，別人向她索取，她常說：

「帶個『籮』來拿吧。」反映出她願意與人分享，不喜獨佔的性格。

後來因政治的變更，家道中落。她親眼目睹家中落難的情況，走難時暫居婢女家中的情景，她還依稀記得。

七歲開始，她在廣州念小學，還當過「紅領巾」隊長，代表學生與校長、老師一齊參與遴選會議，同學能否入選「紅領巾」，則要視乎「學生的成績、品行，與同學關係等等」。可是，這位學生領袖，卻坦言自己像個「野孩子般，喜歡四處走動，周圍 search around」。

1956 年舉家南遷，來到香港後，她在聖提摩太小學念四年級，中一時入讀協恩中學。中學時代，她一直對生物甚感興趣，亦曾加入「梅伯少女合唱團」，演唱藝術歌曲。

回想當年，她仍記得有一次學校的周會，放映 *It's a Wonderful World*，看到世界各地不同的奇特地貌，遂對自然地理甚感興趣，而且她很想多認識「中國地理」，所以後來念中大時，選擇了主修地理系，副修生物（植物學）。她曾跟胡秀英教授學習，所謂「鳳凰非梧桐不棲」，胡教授說過的典故，直到今天她仍牢牢記住。

「我素來喜歡看風景，但去到哪裏，都會自動分析其

腰
包

珠
繡

地形；我也愛花草樹木，卻總會琢磨眼前的植物屬於甚麼科，簡直是煮鶴焚琴。」李老師笑着說，她現在終於可以擺脫這些「枷鎖」了。

「不解之緣」從此結

李老師對刺繡服飾開始產生興趣，要從八十年代說起，那時居於加拿大，既要照顧孩子、料理家務，還要教書，但仍有點餘暇。她偶然翻閱《中國旅遊》，看到一些苗族服裝，覺得很漂亮，於是輾轉託人買回來。豈料細看之下，「我發覺它的刺繡非常細緻精美，有些甚至沿用古代的鎖繡針法，非常難得，而且物料是天然的棉麻……」在現代社會中，這些工藝已逐漸消失，使她倍感珍惜，加上當時很多文物流失到外國，她覺得有責任把它們盡量保存下來。自此，她開始蒐集、收藏少數民族的服飾。

九十年代回港後，她在北京「潘家園」購入一些苗族的服飾。當時她正為「福慧慈善基金會」當義工，負責「希望工程」的工作，剛好要去探訪苗族地區，視察當地學校的情況，便順道作文化考察。

她住在貴州黃平一帶的鄉下地方，衛生環境較為原始。「春天時農民趕着插秧，日出前已開始在田裏工作，晚

上回家前，滿身泥濘，男的跳下河去洗澡，女的則在樹蔭
遮蔽的河中沐浴。由於我沒有下田，只在田埂上做助手，
負責遞送秧苗，身體不算骯髒。一來沒有勇氣在露天的地
方洗澡，二來也不忍心浪費她們的柴火燒熱水，所以一直
沒洗澡。」她極愛大自然生活，住在苗族村寨裏，每天與
村民一起作息，他們的生活智慧，跟大自然和諧共處，以
及感恩的態度，令她感動不已。

「我經常被蚊子叮，甚至被跳蚤咬，由於皮膚敏感，
常導致全身紅腫、灌膿、潰瘍⋯⋯」如何支撐過來，全靠
堅強的意志力。

此外，她也去過彝族地區，在四川大涼山探訪孤兒，
做家訪，在三千多米高原上，要走個多小時的陡峭山路。
當地愛滋病人特別多，父親吸毒死去，母親改嫁，留下不
少的孤兒。「『加拿大福慧慈善基金會』收養了幾千個孤
兒，安排他們進學校讀書，使他們衣、食、教育得到保
障。」基金會成員非常用心，把他們培養成才，畢業後甚
至為他們介紹適當的工作，讓他們走上平穩的人生路。

苗族，是一個古老的民族，根據傳說，他們的起源可
以上溯至炎黃時代。苗族服飾式樣繁多，色彩艷麗；而彝
族亦是中國最古老的民族之一，源於古羌，三千年前已廣

泛分佈於西南地區，服飾風格跟苗族又大為不同。

在當地，看到漂亮的民族服飾，她也忍不住會買下來，藏品便愈來愈多。

「文化靈根」海外植

早年居於加拿大時，李老師曾教授中華文化課程，積累了很多教學經驗。

「通常在周末上課，從低年班開始，有的小朋友四、五歲已開始入學。曾經有一班竟有七至八個不同 Grade 的學生，那是 after school program。」

其後，她亦曾經在一間私立學校任教，學生有七、八百人之多。

「學校當時採用香港教材，課本內容太簡單，與學生智力不相稱，令他們感到非常沉悶。」於是李老師自編課程，以「中國地理」、「四大發明」、「成語故事」、「中國文字」、「中英翻譯」、「華人在加拿大的歷史」，以及「古典文學」，還有「創作新詩」等單元，自編自導自演，出

乎意料，教學效果甚佳，學生大感興趣。

「念『中國地理』，讓學生知道他的『根』在哪裏；讀『四大發明』，可找回民族自信；談『中國文字』，從甲骨文說起，以至現代漢字……又教學生讀古文，如〈愛蓮說〉，還有古典詩詞，如李白詩；甚至叫學生自行改筆名，寫新詩……」李老師娓娓道來，說出她的目標，就是要透過這個課程，讓學生認識中華文化。

有的學生學以致用，與父母親同遊北京、長城、故宮，兼作導賞；也有學生因此而選讀中文系；有些學生到現在仍能以中文跟她通信。她仍記得，其中一個高年班的學生還跟她說：「中國以前很窮，只有 12% 是可耕地，卻要養活這麼多的人口，我將來大學畢業後，也要回中國服務。」可見老師教學上的成功，且具很強的感染力。

她認為要推展文化教育，不能強行灌輸，要從培養他們的興趣入手，引發他們去探索知識，每個孩子都有其潛質，要因材施教，才可將其強項發揮出來。

在教學過程中，李老師一直堅持採用 "Show & Tell" 的方式，透過實物施教。例如教授「四大發明」：造紙術、指南針、火藥及印刷術，她會向學生展示指南針，甚至火藥——「我會將硫磺加上木炭和硝石，混成火藥……」。她

又教學生刻圖章，說明木版印刷的原理，像她這樣的一位老師，如此多才多藝，既施出渾身解數，又投入認真，難怪學生都愛她，也愛上這個課程。

她的學生曾參加全市的中文辯論和書法比賽等，都獲得很多獎項。為了獎勵他們，她會將古代錢幣、繡荷包等藏品，贈送給學生。當他們收到獎品後，手上觸摸到千多年前的古文物，強烈的歷史感自會油然而生。這就是情意教育！

「探本溯源」揚文化

自加拿大回港後，李老師曾追隨楊建芳教授學習古玉，超過十年之久。所謂「上手看文物」，跨進考古的天地，她自謙恍如劉姥姥進入大觀園，感受到中國文化的博大精深。當時她覺得，對這些高古文物的認識，大多只集中於少數的專家，她希望當一道小橋樑，把學到的知識傳播得更廣，讓普羅大眾對中華文化有更多的認識。

在 2000 至 2010 年間，李老師在 HKU SPACE 任教十年，課程包括少數民族史、佛像藝術、敦煌文化、絲綢與刺繡 (歷史與賞析)、探本溯源等。

「我們學習的中國歷史，大多是政治史、朝代興替史、經濟史，缺乏物質文化史、社會生活史。」她覺得物

針線包

打籽繡

質文化可以令到人們了解當時的生活，觸發學習興趣。

在香港授課時，例如「中國少數民族史」，她也秉持一貫的教學原則，嘗試在課堂中加入服飾的實物材料，透過文物的接觸，可以提高學員的學習興趣，並可讓更多人對少數民族增加認識，學員不單對少數民族的服飾產生濃厚的興趣，對於精巧的工藝及其背後的人文精神，亦讚歎不已。

「也許，我生性好奇，如饒公一樣，不斷燃點『火頭』。」李老師被冠以古物收藏家之名，但她謙稱自己並非收藏家。除了少數民族服飾外，她還藏有不同時代的陶俑、清代絲綢、服飾和刺繡品。有一些市場價值不高的物品，她也非常重視，因為這些物件，不單能反映出當時人民的生活面貌，而且蘊藏民間智慧，可説是「無價之寶」。

「少數民族的服飾，反映了他們對天地萬物的虔敬，我因為感動，所以倍加珍惜，也很想去推廣……」能擁有這些藏品，李老師自言很感恩，因為可以用在教學上，與學生一起分享。

她有感於很多藏家，百年歸老之後，所藏珍貴之物，都散佚無存，實在教人感到惋惜。她期望「收而不藏」，將蒐集的文物，公諸同好，在有生之年好好利用，藉以弘

揚中華文化。

　　2013 年底，香港大學美術博物館舉辦「針情線韻：中國少數民族服飾與背帶」展覽，展出李老師一批珍貴的藏品，體現出少數民族在服飾工藝上的巧奪天工。

　　大部分展品目前寄存在中華文化促進中心，她慨嘆：「收藏真的不容易，為藏品找好『歸宿』更不易！不過，『人有人緣，物有物緣』，這些東西，都是暫得之物……」因為曾經目睹家道中落，她學會了不執着、隨緣。

　　以文物解釋歷史，令到歷史立體化，如《立體看敦煌》，便是一個很具體的例證。

「罕見文物」奪天工

　　李老師帶來一批珍貴的刺繡、文物，一邊欣賞藏品，一邊聽她介紹，細述背後的故事，好像觸摸着歷史，與文物在不同的時空對話。

　　她先展示一套設計獨特的侗族服飾，非常罕見。上衣直領對襟，短袖無鈕，衣服下半部用纖幼黑繩結成網狀，衣邊下垂鴨羽毛管及琉璃珠串飾；內配菱形胸兜，上方繡花卉紋，色彩亮麗。下裳襯以及膝百褶裙，裙子看起來柔軟光亮，亦別具特色，穿起來特別婀娜多姿。

設計獨特的侗族上衣

「漿染的方法很特別，先用藍靛多次染色[1]，然後將裙子打摺捆紮，再用牛膠經多次漿染而成。據説，為增加黏性和亮度，漿染時會加入蛋清、野百合、山藥及刺梨根。裙子要經多重工序，花很長時間才製成，部分百褶裙會被捆紮多年，直至穿著時才拆開。」李老師詳加介紹。

李老師對少數民族的服飾，收藏甚豐，而且跨越不同地域，從南到北都有，是全國性的。例如「赫哲族魚皮男裝」，赫哲族是中國少數民族中人口最少的，以捕魚為生，聚居於黑龍江一帶。擅用魚皮製衣，魚皮衣既保暖，亦防水、輕便耐磨、不掛霜，但製作工序複雜費工，需要對魚皮以特製木槌反覆捶打，直到魚皮變軟，再染色並縫製。

---

1 染料由野草灰和樹根灰所煮，經過濾後加入已發酵的藍靛和酒，以加強染料的鹼性，令布料柔軟光亮。

少數民族的服飾，真的有如「穿在身上的圖騰，記在衣上的史詩」！

接着，她取出幾幅清代的「綾」[2]，不但色澤素雅，既薄且輕，放在手上，輕如無物，既軟且暖，圍在脖子上，暖如羊毛⋯⋯百多年前，原是富有人家所用之物，官服亦多用綾，上佳絲織品，得來不易，老師原想用作圍巾，但後來改為教材，如此慷慨，實在難得。

談及綾羅綢緞等絲織品，李老師又介紹一種最獨特的裝飾物料——「板蠶絲」。中國西南部的少數民族，利用家蠶吐絲的特性，讓牠們「自我製造」一種絲料。人們把幾千條蠶放在一塊長約兩米、打磨光滑的木板上，蠶寶寶不斷吐出的絲交織成一層絲片。「現時在貴州，仍有些村寨生產這些罕有而纖細玲瓏的物料，如舟溪的苗族把小塊的板絲用作堆飾，而丹寨的苗族用來作刺繡的地料⋯⋯」如此高超的技術，真不可思議！

---

2 綾多用斜紋織成，最早的綾表面呈現疊山形斜路，質地輕薄、柔軟，可做四季服裝，或用於裱畫裱圖。

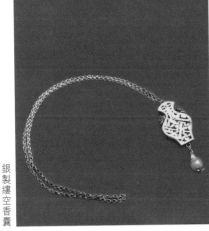

銀製鏤空香囊

「舖絨繡」掛飾，上面是《西廂記》故事

　　李老師還帶來兩件很特別的銀器，一個銀製鏤空的香囊，形狀像個花瓶，「瓶」與「平」諧音，寓四季平安；另外一個是藥瓶，四個瓶子連在一起，一面是梅蘭菊竹、四時花卉，另一面刻上「平安散」、「痧藥丸」、「臥龍丹」、「時正丸」，可以分別盛載不同的藥品，瓶內還附有小匙子。整套藥瓶造型簡單，然而刻工精巧、手藝超卓，美觀實用兼而有之。

　　在刺繡方面，李老師亦帶來不同類型的精品，其中有幾件「舖絨繡」[3]掛飾，圖案多樣，線條灑脫，手工非常精細，紋樣方面，除了傳統花鳥，如桃子、蝙蝠、蝴蝶，還有《白蛇傳》、《西廂記》等民間故事，構思巧妙，繡工細緻，盡顯民間智慧。

　　此外，還有繡荷包、香囊、耳套、針線包，而且繡法不同，如打籽繡、網繡、珠繡……無論色彩配搭和繡工，都十分精彩，圖案清晰秀麗，具有濃郁的裝飾效果。

---

3 「舖絨繡」是紗繡針法的一種，也是刺繡傳統針法，以素紗作底，用彩絲在紗底
　上刺繡出花紋；繡滿紗底，不露地子的叫「舖絨」。

　　最後登場的主角，是多幅令人驚豔的苗族刺繡背帶，李老師擁有三百多幅珍貴的藏品，她精選了好幾幅，逐一展示介紹，"Show & Tell"，其教學之道，一以貫之。

　　背帶原先都是族人自用的，後來才出售。不同的村落有不同的模式，花樣各異，即使在同一村落，每條也是獨一無二的，而且內蘊祝福，充滿寓意。

　　苗族的刺繡針法甚有特色，例如「數紗繡」，是箇中表表者，她們按照織品的經緯紋理用平繡針法刺繡，效果與織錦相似。刺繡時不用底稿，在背面運針，故有「反面挑，正面看」之說。她們認為底部整齊清潔才是上品。構圖複雜，設色講究，繡工精巧，這種工藝水平，實在教人感到訝異。

　　李老師先取出一幅「蝶鳥紋刺繡背帶」，正是用「數紗繡」技法繡成的，背帶的主紋為蝴蝶和鳥。苗族人信奉萬物有靈，上至天上的日月，下至地上的花鳥、昆蟲……都成為刺繡對象。整件背帶佈滿各式各樣的昆蟲，圖案包括蝴蝶、蜘蛛、蜜蜂、蒼蠅、蚊、魚及水車等，充分反映她們的日常生活，更帶出萬物平等的觀念。

　　在眾多的動物中，苗族人特別鍾愛蝴蝶，在苗族的背

帶和衣飾中，很少是沒繡蝴蝶圖案的。這與其神話傳説息息相關，苗族人崇拜蝴蝶，相信蝴蝶是人類和其他動物的祖先，故稱之為「蝴蝶媽媽」。

李老師一邊展示這件珍品，一面細心講解：「這些刺繡，除了工藝超卓，而且充滿民間智慧。在整幅刺繡中，偶然會發現到一些小瑕疵，或一點空白，原來是故意的。她們認為人不能太自滿，故此刻意弄點小瑕疵，甚至留一點空白，以示做人要『留有餘地』，同時，也為下一代留點進步的空間，期望刺繡工藝能承傳下去，一代比一代進步。」背後的哲理，還有這份心意，令人歎服不已。

接着的一幅是「蝴蝶紋刺繡背帶」，紫綠相襯，顏色悦目，繡工精巧，主要用絞繡[4]法繡成。細看之下，只見背帶下部中間有八隻蝴蝶繞圈飛舞，四角為合翅歇息的蝴蝶，用白色包芯線勾勒輪廓，內用綠或紫線以平繡法填滿。

「上面兩個小方形，下面一大個方形的構圖，是貴州苗族的固有圖式。背帶上的圖案代表一幢房子的正面，上

---

4 「絞線繡」又稱「纏繡」，先以較硬的梗線或家麻為內芯，芯線外緊密纏繞絲線製成的彩色預製線——稱為「綜線」，將綜線盤繡出各種紋樣，再用單股絲線將其一節一節固定在底布上。

花卉紋刺繡背帶

購自苗族朋友的蝴蝶紋刺繡背帶

面的方形為窗戶，下為廳堂，四邊黃白色的粗線代表牆磚，屋內外佈滿飛舞的蝴蝶，象徵期盼獲得蝴蝶媽媽的庇佑，保佑闔家平安幸福。」經李老師逐一細説，苗族的故土風貌，恍如展現目前。

另外一幅是「花卉紋刺繡背帶」，以橙色為主調，令人眼前一亮，構圖也別具特色。背帶上的圖案用平繡及鎖繡[5]勾勒輪廓，內裏則以包芯線絞繡出細密的圖案。

---

5 「鎖繡」是古代刺繡傳統針法之一，由繡線環圈鎖套而成，繡紋效果似一根鎖鏈，故名。

　　「背帶上的圖案是一間房子的鳥瞰圖。下面的大方形
是廳堂，三邊有樹枝製成的圍欄，廳堂內的紅、藍、黃
色分別象徵生活中的火、水及穀物，其外的小方形代表門
墩，據說苗族人認為門墩是生育男孩的吉祥象徵。另外兩
個大方形內所繡的多個圓形代表樹幹或樹頭，苗人喜歡在
門外聊天，那許多的樹頭，象徵人丁興旺，百子千孫。」
如果沒有李老師的導賞，哪能領略箇中深意？

　　最特別的一幅「蝴蝶紋刺繡背帶」，原是李老師一位
苗族朋友所有，「背帶」由其母親手縫製，朋友有感於她
對民族文化的推廣，故特意轉送。可是，李老師不欲奪人
之愛，雙方推讓下，她終以高價購下。紫色背帶上的大蝴
蝶由十三塊繡片組成，活像一幅民族風景畫，洋溢着濃濃
的生活氣息。「蝴蝶媽媽」的頭部繡了一隻螃蟹，蝶身繡
有蝴蝶及蟲鳥紋。蝴蝶的翅膀由一組對稱的圖案組成，繡
有青蛙、猴子、貓捉老鼠、蜜蜂與蜻蜓等圖案，象徵孩子
健康活潑地成長，道出母親的期盼。背帶的邊沿則繡有相
吻的鳥兒，寓意孩子將來的婚姻美滿幸福，而鳥叼蟲則隱
喻母親哺育之恩情。她說這幅背帶曾「帶大」七個兒女，
「背帶」的背後，它的故事更為扣人心弦。

　　我們邊看邊談，不覺時間溜走，已過了三個小時。李

老師展示最後的一幅背帶，是藍色的「幾何紋刺繡」，不
單顏色雅致，而且構圖佈局，別具心思。此幅絲織素錦平
滑光亮，柔軟輕薄，織工細緻。上面九個菱格內的圖案，
主要是幾何紋、八角花、蝴蝶及鳥等。菱格內的圖案，排
列規整而富於變化，如展翅的鳥兒，呈現的姿態各異，或
相向、或背向、或昂首、或俯首……若仔細察看，還會發
現在一組相同的圖案中，會突然出現一、兩個另類圖案，
也許是作者故意作出的個人標記，可見其心思之細密。

　　也許大家都會感到奇怪，何以苗族婦女把如此美麗的
刺繡置於背部？「在苗族社會，族人往往以織藝、繡技作
為評審婦女的品德、能力的標準。女孩子在四、五歲時，
便開始學習刺繡，她們的聰明、智慧、勤勞和美德，全體
現在這些工藝上。若能刺繡出越細緻的作品，反映其脾氣

和性情越佳。」這些刺繡精美的背帶，只在隆重場合，如
過新年、喝喜酒，以及在大節日或趁墟時才取出來用，也
是女子向人們顯示自己繡工的方式。「當人們看到工藝精湛
的作品時，自然會在背後讚美不已。她們認為，背後的稱
讚，才是真正的表揚。」李老師娓娓道來，令人恍然大悟。

　　一幅又一幅的民間刺繡，不但巧奪天工，令人歎為觀
止，而且蘊藏着少數民族的生活智慧，以及傳統美德。但
願如李老師所言：「通過刺繡，這種生活態度和人生哲學，
得以代代相傳，一直延續下去！」

「緣起不滅」護敦煌

　　現為敦煌研究院特聘研究員的李老師，談及自己從入
門而成為敦煌專家的經歷，全繫於一個「緣」字。

　　在九十年代，她曾三訪敦煌。最初，她與友人同遊敦
煌，她純粹抱着觀光的心態，其後兩度再訪敦煌，因緣際
會，當時的「考古學會」邀請她就敦煌之旅主持講座，分
享見聞感受。

　　李老師很謙虛，自言起初對敦煌一無所知，甚至以
「矇查查」來形容自己。為了準備講座，需要閱讀不同的
書籍，因而深入了解敦煌。她想不到，在研習的過程中，

《敦煌石窟全集之藏經洞珍品卷》書影

初則感動於敦煌千年不滅的風華,進而懷着虔敬之心,令
她不知不覺間逐漸走上研究敦煌之路。

她認為敦煌的影響,並不限於宗教層面,敦煌的文
物、石窟藝術,彰顯出大量當時人民的生活資料,極富人
文精神,亦具有極高的藝術及歷史價值。

「敦煌在千多年來,經歷多次的天災與人禍,慘遭不
少破壞,但多個朝代的壁畫、彩塑等文化遺產,仍能保存
至今,簡直『如有神助』,實在是個奇蹟!」故此,她發
願要好好保護敦煌藝術。

在 2010 年,李老師與一群熱愛敦煌藝術的人士成立
「香港敦煌之友」,目標在保育、研究及傳承敦煌石窟藝術
文化。

她強調目前最重要的工作,就是為敦煌石窟加快數碼
化,一方面能加強保育,減輕環境變化對文物帶來的影響
和破壞,另一方面,透過數碼化,可把敦煌石窟藝術,推

《敦煌石窟全集之法華經畫卷》書影

廣到不同的國家、地域，藉此，亦可拓寬文化普及的層面。

訪問後，離開大學校園，走在回家的路上，腦海中，躍現出多年前的一次暑假旅程。説起來，已是三十多年前的往事。

那是 1982 年，我曾隨團走訪「絲綢之路」。那時的敦煌，仍未建機場，從香港出發，先飛往西安，然後乘火車到柳園，接着再坐兩個多小時的四驅車，橫過浩瀚無垠的「礫漠」，才進入沙漠中的「綠洲」——敦煌。途中車行顛簸，風沙撲面，偶爾有駱駝在旁邊走過，此生首次目睹「海市蜃樓」的奇景，就在此不毛之地。

走進敦煌，參觀了莫高窟，自此，開始認識敦煌藝術的點滴。其後，為了進一步了解這座佛教藝術寶庫，我還訂購了整套的《敦煌石窟全集》。當年，工作忙碌，每收到一冊畫卷，只能匆匆地翻閱一遍。

長溝流月去無聲，十多年過去了，26 卷的全集，仍齊

齊整整地躺在設計典雅的木製書櫃內。一直以來,我從沒
好好地研習「敦煌」學,真慚愧!

　「一粒沙裏看世界,敦煌是沙漠中看世界的天書。」
我想,我一定會抽出時間,認真閱讀書房中這套難得的畫
卷;而且要抓緊機會,再走一趟絲路,仔細欣賞敦煌的石
窟藝術。

---

* 除了頁 166、167 的書影,本篇所有圖片,全由「灼見名家」提供。謹此
　致謝。

李 美 賢 簡 介

李美賢，畢業於香港中文大學，從事中國文化教育及
推廣工作三十多年。研究範圍包括中國少數民族（民
族史與服飾）、佛像藝術、敦煌文化與藝術、絲綢與
刺繡（歷史與賞析）。曾任香港大學專業進修學院之
導師（2000-2010 年），現為敦煌研究院特聘研究員、
中國敦煌石窟保護研究基金會理事、香港敦煌之友
創會主席暨理事會副主席、香港中華文化促進中心
之學術顧問（民族文化）、饒宗頤文化館榮譽顧問、
香港博物館之專家顧問（中國古代文物），以及非物
質文化遺產諮詢委員會委員。她是古物收藏家，藏
品包括藝術品和少數民族的生活用品，曾策劃「針
情線韻：中國少數民族服飾與背帶」展覽（2013），
展出個人珍藏的中國傳統服飾、銀飾及背帶；並常於
內地、香港，以至外地之博物館、文化教育機構主持
講座。著有《立體看敦煌》（2015，編著）、《佳偶天
成——中國古代婚事趣談》（2016）等。

戲劇，可以觀照人生

莊梅岩專訪

　　跟莊梅岩結緣，是因為《留守太平間》。

　　當時任職的機構製作一個戲劇教材套，供全港中學的教師選用。與此同時，還與「同流劇社」合作，將《留守太平間》一劇搬上舞台，舉辦高中學生專場，還設有演後座談會，免費邀請學校的老師、學生前來欣賞。

　　這是 2011 年的往事，自此認識了莊梅岩。

　　曾五度獲得「香港舞台劇獎最佳劇本」的莊梅岩，作品的口碑與票房俱佳。《留守太平間》寫於 2001 年，是她第一個獲獎的劇本。

　　這幾年來，她編寫的舞台劇，我從沒錯過……

　　她的新劇《短暫的婚姻》，2019 年 1 月在理工大學公演，演員陣容鼎盛，潘燦良、楊詩敏、禤思敏，加上林海峰，追捧者甚眾，一再加場，仍是一票難求。

　　早就想訪問莊梅岩，可是她實在太忙，直到 2019 年 1 月中旬，才約到她。

　　訪問的地點，就在她何文田的家。

劇本，人物最重要

　　莊梅岩的父親是福建梨園戲的導演，十二歲已進入少年宮，母親是小學教師，也曾加入「民工團」。她自小

莊梅岩與作者合照

受到父母的薰陶，一家人圍坐看電視，父母對電視劇的
品評，縱使是三言兩語，也是一種「家庭教育」，對她的
「品味」亦有所提高。

她初嘗編劇的滋味，始於中四那一年。

「學校的 Assembly Show，不是唱歌，便是演奏樂器，
我們文科班想搞搞新意思，便構思話劇，一個大約 10 分鐘
的短劇，本來我只是導演，後來連編劇都『做埋』，因為
原來的劇本太沉悶。」

這個劇本的內容，主要是反映中港矛盾，描畫內地人
與香港人之間的文化差異，因為她有很多內地的親戚，父
母又是好客之人，親戚來香港，大多住在她的家裏，面對
他們，已成了她生活的一部分。

此劇演出後，回響很大，反應很好，不單贏取同學的
掌聲，亦得到了老師的肯定，令她很有成功感，「我這個成
績不算太突出的學生，第一次發現，原來有些事情，不需
要很用力，都能夠做得好好，而且很 enjoy！」

她還記得，為了中五畢業晚會，她寫了一齣戲《井底

包雲吞的日子》，亦大受歡迎。

　　大學時代，她選讀心理學系，反而沒選讀戲劇，因為她知道父親期望她念大學，而那些年，只有「香港演藝學院」才有「戲劇學院」。

　　「我其實對心理學亦很有興趣，也想過做心理醫生。」讀了一年，她才知道學科裏面的統計學、生物學，佔比重不少，這是始料不及的，她雖然覺得自己不適合在這方面發展，但她對人的心理分析，卻甚感興趣。無論如何，她堅持下來，取得學位。

　　她強調：「在劇本中，人物最重要，甚至比主題、佈局更重要。」在心理學方面的訓練，讓她對人性的認識更多。

　　她愛上編劇，主要是因為戲劇可以「觀照人生」！

　　1999 年中大畢業後，莊梅岩先到亞視當暑期工，9 月開始入讀香港演藝學院的編劇系。

　　「那是我讀書以來，最快樂的兩年，除了學習編劇，也涉獵導和演，甚至舞台監督等各方面，讓我認識到孕育一台戲的困難……」

　　「King Sir、毛 Sir、李銘森、陳敢權、林立三、傅月美，還有 Peter Jordan……」老師來自五湖四海，不同背

景，各有專精，令她受用無窮。

　　教她最難忘的是"Monday Workshop"——由戲劇學院畢業班的同學輪流演出，每次做一個 15 分鐘左右的短劇，每位老師都給 comment，她自言從中學會了不少知識，她改編了一個賴聲川的戲，亦曾改編了《茶花女》，有兩次演出的機會。

「那兩年的高級文憑課程，我讀了好多經典作品，也排了好多戲……還遇到了很多好同學、好老師。」談到往昔的學習生活，她很感恩。

考驗，《留守太平間》

莊梅岩憶述，演藝學院畢業後，她先替新域劇團寫了一齣戲，大約在 2001 年底便進入「中英劇團」的創作組，第一個作品的題材，就是圍繞「無國界醫生」，她寫出了《留守太平間》——無國界醫生李學仁，遇上醫學生 Jeff，一個資歷深厚、經驗老到，一個天才橫溢、年輕有為，兩人在臨時醫院內，被困於俗稱「太平間」的停屍房，會產生甚麼化學作用？舞台上，時空交錯，疑幻似真。

可是，最後因為結局問題，卻跟藝術總監古天農爭持不下。她主張結局應該留白，讓觀眾多留點思考空間，但前輩卻期望一個圓滿的結局，反映積極人生，讓觀眾得到鼓勵，從中獲得一些力量。

「那是 taste（品味）的問題，不同的 ending 帶來不同的 after taste……最後，我輸了。」

事後，她反省，也覺得改動了的結局是 "work" 的，尤

《留守太平間》海報

海報設計：Alfie Leung

其是 2003 年 SARS 爆發，此劇重演籌款，亦為當時的香港人帶來不少正能量。

這齣戲為她帶來第一個獎項，也是她的「紅娘」，造就了一段美好的婚姻。編寫劇本前，她曾作資料搜集，亦訪問了不少人，她的丈夫是醫生，當時就是其中一個接受訪問的醫科學生。

《法吻》，最愛的劇本

莊梅岩的創作歷程，從此逐步開展。從 2001 年開始，她創作的劇本不下十多個，題材涉獵不同的範疇。談及最愛的劇本，她坦言是 2005 年的《法吻》，題材比較敏感，講述牧師與女教友熱吻後被控告性騷擾⋯⋯

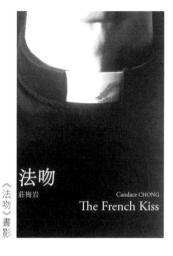

《法吻》書影

　　故事的靈感，來自一個真實個案，案發時曾哄動一
時，被告是個牧師，原告是女教徒。這個戲很有張力，戲
中兩個主角原來的關係很密切，他們都不是壞人，也不純
是好人。

　　當事人最後被罰款 5,000 大元，但他慨嘆：「事實上，
我賠上了名譽、地位……還有靈魂……」就因為這句話，
令她對這個題材深感興趣。

　　撰寫劇本前，她訪問了不少宗教界、法律界人士。
「這是一部完全忠於自己的『純創作』，沒有老闆，不用理
會票房。」說起往事，她有點感慨。

　　事實上，撰寫一齣「兩個人」的戲，殊不容易。

　　她自言很幸運，找到李鎮洲當男主角，角色猶如度身
訂造一般。

　　結果，這齣戲繼《找個人和我上火星》之後，為她贏取
了第三個最佳編劇獎。

創作，必須有自由

　　道及創作的靈感與源起，她說：「每次都不同，但與
我的生活息息相關。」

　　2009 年的《聖荷西謀殺案》，讓莊梅岩第四度獲得最佳
劇本獎。她將這個心理懸疑劇的背景，設定在陽光明媚的
美國聖荷西，描寫幸福家庭背後隱藏的殺機，情節的急劇
推展，令觀眾情緒大起大落，有如坐過山車，人性中的妒
嫉、猜疑和佔有慾，終釀成不可收拾的殺人事件……導演
李鎮洲，演員劉雅麗、鄧偉傑、彭秀慧同台演出，都是一
時俊彥，在劇壇激起的火花，化為烈燄。當年在香港藝術
節中，再三加場，也一票難求。

　　她另一成功之作，是探討新聞自由的《野豬》（2012
年），營造戲劇衝突和張力，向來是莊梅岩強項，在這個
戲中，她發揮得更為淋漓盡致。這齣舞台劇，由甄詠蓓導
演，演員有黃子華、林嘉欣、廖啟智、陳敏兒……捲起
一陣「撲飛」熱潮，也為觀眾帶來「真相何覓？自由何
價？」的思想衝擊。

　　「你會選擇妥協，還是繼續當一隻橫衝直撞的野豬？」
看過此劇的觀眾，自會明白野豬的寓意。

《莊梅岩劇本集》書影

《教授》書影

她後來出版的《莊梅岩劇本集》，收錄了五個得獎的作品，在序言中，莊梅岩強調創作必須要有自由的環境，雖然書中沒選錄《野豬》。

2014 年，香港中文大學成立五十年，莊梅岩為母校創作《教授》一劇，探討大學的教育理念。它提出了一些問題，社會公義理論、批判性思考、高等教育商品化、理念與實踐之間的關係……亦引起不少的討論和反思。

於此可見，題材的多元，正是莊梅岩作品的一大特色。

一個好的劇本，呈現在舞台上，就是一個世界，莊梅岩的劇本，展現繽紛的眾生相，教人目不暇給。

電視，另一種嘗試

2014 年，莊梅岩寫了《杜老誌》，不熟悉的題材，涉及商業社會、經濟、股票、舞廳……她花了很多工夫。

她當初沒打算接這套劇，但毛 Sir（毛俊輝）告訴她

《短暫的婚姻》書影

「想以舞廳為背景」寫一套男人戲，而且故事發生於七十年代——「這對我來說，感覺很特別，所以就接下了。」

劇情的推展，源自資料搜集；角色的塑造，透過面對面的個案交談。

她覺得很沉重，也覺得太累。於是，她開始構思一齣愛情小品。

這一次，她不用做大量資料蒐集，《短暫的婚姻》，素材就來自她的生活……

數年前，當兒子三歲時，他們一家三口搬入何文田。

「我很喜歡這區平靜的氛圍，好有『家』的感覺，於是租了一個單位居住。」剛好樓上有住客「放盤」，她忍不住與丈夫一起去「睇樓」。業主是一個喪妻的英國人，與兒子同住，整個家有一種令人窒息的氣氛。

她不時看見業主的兒子，這個失去媽媽的小孩，經常默不作聲，一臉憔悴，工人姐姐靜靜跟在他背後。她瞧在

眼裏，感到很淒涼，也很沉重。「我想起自己的丈夫和兒子，生命很脆弱，幸福並不是必然的……」於是便開始動筆寫一個關於婚姻的新劇本。

劇本只寫了兩場，便因為「雨傘運動」而擱置下來，現實的種種衝擊，令她心緒不寧，難以再續寫這個溫馨小品。

為了回應社會運動、回應社會、回應香港人，她寫了一個電影劇本，抒發心中鬱悶之情。

「寫作是一種治療！」我衝口而出，她點點頭。

然後 ViuTV 來敲門，他們想跟陳奕迅製作一個音樂特輯，類似音樂電影，問她可有興趣。吸引她的是陳奕迅，她曾看過他主演的電影，直覺相信對方是個好演員，而陳奕迅的背景，與主角亦有相近之處。

莊梅岩交出《短暫的婚姻》的故事大綱，對方接受了。於是，她展開了一段另類的創作旅程。

ViuTV 和經理人公司極少介入，只提供音樂、歌詞，餘下的工作便由編劇和導演自由發揮。第一次跟新晉導演陳志發合作，她以 "Enjoyable Journey" 來形容創作的過程。

「大家在不同的崗位上互相尊重，雙方能夠在彼此的

寫作劇本多年，莊梅岩相信「舞台才是自己的發揮空間」。

想法上再發揮，人的磨合產生的化學效應，讓劇本呈現出最好一面。」她感到很幸運。

電視劇播出後，清新的小品，引起很多人的討論，有人說：「讀莊梅岩的劇本，覺得她對生活、人生和香港有一種在地的洞見，她的作品能以電視劇的方式接近大眾，真是一件好事。」

舞台劇，奢侈的藝術

她重新編寫的舞台劇本《短暫的婚姻》，18 場的演出已順利完成。跟電視劇不一樣，因媒介不同，劇本的情節結構也有異。

「事實上，我之前已寫了兩場戲，不捨得放棄，於是堅持寫下去，劇本以新的面貌出現，不單純寫愛情、寫婚姻，帶出更多家庭與人生的問題……」在舞台上，四個主角的戲份比較平均，為劇場的觀眾，帶來更多的思考空間。

莊梅岩承認，舞台劇是「奢侈的藝術」，製作費龐大，但可帶來更大的滿足感。

她始終相信「舞台才是自己的發揮空間」。

創作接近二十年，她說：「我樂於只留在舞台，相比電視、電影，舞台劇的世界比較純粹，令我可以集中創作。」雖然舞台劇的空間有限，但變化很大，作品中亦有很多 magical moment，創意想像無限，亦可以承載更多的思考，讓觀眾「諗多好多嘢」。

創作人最害怕被人定型，莊梅岩一直都在探索更多的可能性。

品格 ✕ 藝術之旅

奮青樂與路 音樂劇
SING OUT
載譽重演RERUN

7-8.9.2018 五至六 7:30pm | 8-9.9.2018 六至日 2:30pm
香港文化中心大劇院

《奮青樂與路》場刊封面

　　她剛為「風車草劇團」完成了一個劇本,講述四個朋友在 road trip 上的故事。

　　除了舞台劇,莊梅岩也曾寫過歌劇和音樂劇。她認為寫歌劇、音樂劇的文本更容易。

　　《中山逸仙》是為紀念辛亥革命一百周年而製作的原創歌劇,單是劇本修飾已花了兩年時間。

　　至於《奮青樂與路》則是個本地原創音樂劇,她自言:「有機會與作曲家高世章、填詞人岑偉宗、導演方俊杰合作,實在是個非常難得的經驗。」

　　此劇由學生擔綱演出,探討教育問題,是「一個充滿創意和驚喜的音樂劇」。七十名來自幾間學校的學生,參與演出,或台前、或幕後,他們全情投入,盡展潛能,不單深深感動觀眾,更獲得了香港舞台劇獎六大獎項。

首演時，我錯過了，2018 年重演，我終於看到了，果然令人「感動、激動、震動」！

莊梅岩，果真是個有心人。

滿途荊棘，才是理想

「如果深愛，六十年的婚姻恍如一瞬。」這是她創作的悼辭。

熱愛戲劇的莊梅岩，這句話不也是她的心聲麼？

步出她家的大門，走在何文田的街道上，想起了《留守太平間》裏的金句「隨心所欲嘅係夢想，滿途荊棘嘅係理想」。編劇之路，大抵亦如是。

願莊梅岩好好地走下去，也寫下去！

---

* 頁 171、173、175、183 圖片，由「灼見名家」提供；頁 177 圖片，由「同流」提供。謹此致謝。

莊 梅 岩 簡 介

莊梅岩，香港中文大學社會科學院心理學榮譽學士、香港演藝學院戲劇學院編劇系深造文憑畢業，英國倫敦大學 Royal Holloway 編劇碩士。除撰寫舞台劇外，亦從事劇本翻譯、改編，以及音樂劇、歌劇之文本創作。創作劇本包括《留守太平間》（2001）、《找個人和我上火星》（2004）、《聖荷西謀殺案》（2009）、《野豬》（2012）、《杜老誌》（2014），以及歌劇《中山逸仙》（2011）等，曾五度獲頒香港舞台劇獎「最佳劇本獎」，部分作品在本地多次重演，亦翻譯成不同語言，並代表香港遠赴外國演出。2003 年獲香港戲劇協會頒發「傑出青年編劇獎」，2004 年獲亞洲文化協會「利希慎獎學金」赴美遊學，2010 年獲香港藝術發展獎「最佳藝術家獎」（戲劇），並於 2012 年獲《南華早報》選為香港廿五位最具影響力的女性之一。著作有《法吻》（2011）、《教授》（2014）、《莊梅岩劇本集》（2015）、《短暫的婚姻》（2019）等。

地水南音傳粵韻
中西共研樂撫琴

榮鴻曾專訪

杜煥瞽師　走咗四十年。

坎坷一世　講起就心酸。

佢唔係全盲　幾分能睇見，

家鄉水浸　被迫廣州留連。

步離開西九文化區戲曲中心，阮兆輝的歌聲仍在腦中迴蕩，餘音裊裊……

南音彷彿只屬於過去的時代，只是年長一輩的集體回憶。然而，南音的曲韻文辭，在這紅塵俗世、煙火人間，卻依然流淌着，如怨如慕，如泣如訴……

提及南音，〈客途秋恨〉中的「涼風有信，秋月無邊，思嬌情緒好比度日如年……」大家可會依稀記得？

廣東南音又名地水南音，流行於珠江三角洲一帶。二十世紀初，南音的演出場所，主要為妓院、煙館、酒樓、街頭、私人寓所等，演唱者多為失明藝人，男的稱瞽師，女的則喚作瞽姬或師娘。

杜煥自小家貧，三歲失明，流落廣州後，拜師學習地水南音謀生。戰後，十六歲輾轉來港，在油麻地廟街一帶的妓院、煙館賣唱為生。自 1935 年政府禁娼後，他的生意一落千丈，然後是香港淪陷，他好不容易才捱過了一段艱苦

《大鬧廣昌隆》唱片封面

歲月。1955 年至 1970 年間，他曾在香港電台節目《地水南音》中演唱南音。離開電台後，他只好在街頭擺檔賣唱⋯⋯

　　杜煥去世前幾年，就在 1975 年 3 月，音樂系博士生榮鴻曾為了將「地水南音」的原貌保存下來，安排了杜煥在茶樓作現場演唱，並為他錄音，希望能將現場的環境聲音一同保留，作研究之用。

　　誰都沒有想過，這段夾雜音樂、民間風情的重要錄音，數十年後會重見天日。

　　隨着「香港文化瑰寶」系列之八——《大鬧廣昌隆》面世，由香港中文大學中國音樂研究中心出版「杜煥南音」專輯的工作，便告一段落。

　　2019 年 3 月，趁着榮鴻曾教授回港參加「《大鬧廣昌隆》唱片發佈暨南音演唱會」，幸得吳瑞卿博士之助，才約到他接受專訪。

　　訪談那天，天下着雨，我跟攝影師一起跑到榮鴻曾教

授下榻的酒店，跟他聊了幾個小時，內容當然離不開地水南音，還有粵劇和古琴……

素願得償，走進音樂天地

祖籍無錫、生於上海的榮鴻曾，七歲來到香港，自小便喜歡音樂，中學在九龍華仁書院念書，鋼琴已考至八級。其後赴美升學，由於數學、物理等科目成績優異，加上父母的期望，在加州大學選讀工程物理。畢業後，他本來已想轉向音樂發展，但又得到麻省理工學院的獎學金，於是，便繼續攻讀物理學，直至取得博士學位。由於「不甘心從此埋首物理學的世界」，加上趙如蘭教授的引薦、哈佛大學的獎學金，就在這時，他轉向音樂的天地。

「當年在美國，物理學家多的是，但研究中國音樂文化的，卻絕無僅有。」一頭栽進音樂的懷抱，榮鴻曾可謂得償素願。

在哈佛念音樂，可以選擇演奏、作曲……但他最終卻走上音樂研究之路。

為何研究中國音樂？背後也有一段故事。

話說當時哈佛圖書館接收了一批「粵曲唱片」，因緣際會，大學派他去負責處理這批藏品，正因如此，他開始接觸粵曲、愛上粵曲，並決定以粵曲唱腔作為博士論文的研究專題，從此結下不解之緣。

「在香港，我完全沒接觸過粵曲，也許是家庭背景比較西化的關係。可是，踏足美國後，離鄉別井，卻想尋根，對於中國文化，反而產生濃厚興趣，亦開始關注香港的本土文化。我覺得粵劇很有生命力，劇本亦有趣……」重提往事，他笑瞇瞇地説。

正因為他半途出家，走上研究音樂之路，二弟念曾，其後也從建築走向實驗劇場，三妹雪亦從社會學轉向舞蹈，四妹玉則情歸時裝設計……榮家一門四傑，全與藝術掛鈎。「都是大哥的壞影響」，榮鴻曾幽默地加上一句。

偶然邂逅，情迷地水南音

就因為研究粵曲唱腔，他在 1972-1973 年，1974-1975

年兩度從美國回到香港蒐集資料。就在 1974 年,「日本老朋友西村萬里跟我說,歌德學院安排了杜煥演唱南音,我當時完全不知道南音是甚麼。」好奇心驅使下,他到場欣賞,一聽之下,大為感動。其後,杜煥在聖約翰教堂、中大文物館的演唱,他也跑去聽。

「他唱得很好,但很淒涼。『歌德』的座上客,大部分是外國人,十居其九不懂得南音,聖約翰教堂,氣氛完全不對勁,至於文物館,聽眾安靜地坐着,禮貌的掌聲,也不代表他們真的懂得欣賞。」榮鴻曾很想保留這些幾近「絕唱」的地水南音,決定盡力把杜煥的歌曲錄下來。

「我覺得在錄音室,杜煥對着四面牆,一定唱不出那種獨特的韻味,於是想找一間舊式茶樓,在現場錄音,才能將地道的南音,真實地錄下來。」為了忠於南音原貌,他想找一個杜煥熟悉的環境,有氣氛、有聽眾……

皇天不負有心人,在朋友介紹下,他找到了富隆茶樓,在水坑口。富隆是香港最古老的茶居之一,當時已有超過半世紀的歷史。茶樓天花板有掛扇,桌旁放着痰盂,

用的是舊式茶盅，伙記叫賣點心，還有很多茶客提着鳥籠
上茶樓，把鳥籠掛在窗邊，悠閒地品茗。

找對了地方，也約好了杜煥，榮鴻曾自言好幸運，
因為得到了香港大學亞洲研究中心景復朗教授的支持。
「Frank King 撥出研究基金，還派出中心的職員蕭官成先生
搬來錄音機，在茶樓幫手錄音。當年那位年輕人，去年剛
退休了。」榮鴻曾說起往事，感激之情，溢於言表。

杜煥憶往，唱出一生故事

就這樣，榮鴻曾借了茶樓一角，安排杜煥在茶客面前
演唱地水南音，順帶現場錄音。「除了杜煥歌聲外，茶樓裏
鳥唱聲，叫賣聲，茶客聊天聲，窗外車聲人聲，全保存在
錄音裏。」杜煥左手拿板，右手撥箏，自彈自唱的情景，
彷彿在眼前重現。

「我原本打算請杜煥每天連續唱，但他說自己『氣
魄』大不如前，要隔日唱才可以，而且每日只可以唱一個
小時，中間還要有休息時間。」結果，從 1975 年 3 月 11
日至 6 月 26 日期間，每逢周二、四、六午市時段，杜煥都
演唱一小時。

榮鴻曾憶述，「當箏絃調妥，南音的前奏響起，聽眾

就被帶進另一個世界。休息時，有茶客上前和他閒聊，說以前在電台聽過他唱南音……原來座中人，不乏知音客，令杜煥感到好高興。我覺得有這種氣氛，他才會投入，唱出南音的真正味道來。」

杜煥先後唱了〈客途秋恨〉、〈男燒衣〉、〈霸王別姬〉等著名短曲。接着，又唱了很多傳統故事，如〈尤二姐辭世〉、〈夜偷詩稿〉、〈梁天來〉(片段)、〈武松打虎〉等多首名曲。

在長達三個半月的錄唱計劃中，榮鴻曾指出：「最意外，亦是最大的收穫，是杜煥即興創作的〈失明人杜煥憶往〉地水南音。」

當傳統曲目已唱錄至十之八九之際，在閒談中，榮鴻曾得知杜煥以前會根據當天的新聞，即興地以南音創作新歌唱出。「於是乎，我請他演唱新聞，誰知他說已經很久沒留意新聞了。我靈機一觸，叫他編一首南音，唱出自己一生的故事。最初，他很抗拒，說沒有人會唱自己的。」

經不起榮鴻曾幾番懇求，他才勉強答應，每天唱兩節，從出生開始，唱至1976年，道出自己六十多年坎坷的經歷，長達六小時。

「其實，這正是香港二十至七十年代的寫照，也是戰

前、日軍佔據、和平重光，到經濟發展成熟一段歷史的見證，也是失明藝人『眼中』的香港故事。」榮鴻曾説。

〈憶往〉最後兩小時的錄音，不是在富隆錄的，主要是因為榮鴻曾 6 月要返回美國，完成他的粵曲論文，只好交由友人西村萬里在香港大學的課室中代錄。

「在茶樓面對聽眾，杜煥覺得很『醜怪』，唱南音主要是為了娛樂客人，不會唱自己的生平，畢竟太 personal，所以他有點顧忌，但在大學的課室內，獨自地，可以盡情地唱，不必取悦他人，尤其是唱至最後的幾十行，他反思一生，在熟悉的曲調裏可以毫無顧忌地，向上天質問人生的悲痛。」每次重聽這部分，榮鴻曾都不禁掉下眼淚來。

「杜煥這樣的藝人，一生經歷坎坷，仍然能夠保持一份樂觀的態度，能夠面對將來，也不會無病呻吟，我知道他的故事之後，對他多了一份敬意。」

榮鴻曾指出，一般人研究藝術史，只會集中研究一些高尚的藝術，對民間的藝術較少注意，特別對民間藝人一生的經歷，記錄比較少。

「每個人對自己的過往固然熟悉，但要分章起段地敍述故事卻絕不簡單。況且杜煥並不識字，文盲加上目盲，既不能寫大綱，又不能起稿反覆斟酌修改。韻文部分還要

套進南音格式，真是談何容易？」榮鴻曾一再強調杜煥對「口傳文學」的貢獻，「這首歌記錄了一位地位低微的民間藝人遭遇，而且是用他自己的語言表達出來，是研究『方言文學』的重要材料，對學術研究有很大的價值。」他認為杜煥不單只是位音樂家，也是一位文學家。

歌詞露骨，清場演唱「板眼」

在錄音過程，令榮鴻曾最難忘的，是跟杜煥聊天的時段。

「每一次演唱前，杜煥會提早二十分鐘到達茶樓，擺放好古箏、喇叭等，然後坐在一旁休息，抽着煙斗，我就會斟杯茶給他，向他問長問短，到中場休息，也有二十分鐘時間，也可以聊一陣子……」榮鴻曾抓緊機會，向杜煥請教有關南音的問題，有時也會問及演唱場地，例如妓院、煙館，甚至街頭賣唱等種種情況。這些閒談，也錄下來，成為珍貴的資料。

當中篇〈大鬧廣昌隆〉和〈觀音出世〉收錄完畢後，榮

鴻曾請杜煥唱了幾段「龍舟」及重唱幾段南音，作日後研究之用。至於「板眼」，原來是在妓院中供妓女及嫖客點唱的曲目，杜煥不想在茶樓內公開演唱。

榮鴻曾認為：「『板眼』雖然粗俗，如〈兩老契嗌交〉，卻反映了香港現實生活的一面，對民間說唱文學，以及粵方言的研究和保存，尤為重要。」於是他們移師往大埔，在西村萬里的家中完成錄音。

「至於『板眼』中的〈陳二叔〉，只在妓寨中唱，而且題材非常『露骨』，有好多性行為的描述，杜煥一再吩咐，千萬不能讓良家婦女聽到，否則會對她們帶來不幸。」榮鴻曾答允了杜煥，只用作研究，絕不公開，杜煥才肯答應錄音。

榮鴻曾還道出一段有趣的插曲，在八十年代，得朋友介紹，他找到魯金，並帶來〈陳二叔〉的錄音，「因為歌詞裏面有些方言，我不明白，希望請教他。」

豈料，魯金於少年時，曾隨其叔父往妓院「見識」，也聽過此曲，所以大感興趣，從頭到尾聽了一次，後來還寫了一篇文章〈杜煥清場唱淫曲《陳二叔》〉，記述此事。

「雖然文中有些資料搞錯了，但最重要的是，魯金指出這是杜煥在最佳狀態時唱此曲的。」榮鴻曾不忘補充。

飄泊紅塵，失明人話香江

1979 年，錄音後三年，杜煥逝世。「那幾年我忙於學古琴，雖然發表了兩三篇有關杜煥的文章，錄音帶卻擱置在資料庫裏封塵。」榮鴻曾內疚地說。

直到新世紀之初，「我把六、七小時的錄音選取精髓，刪節為 40 分鐘，配以適當的影像及旁白，還加上中英文字幕。」首先整理出版的，就是杜煥唱述個人一生的〈失明人杜煥憶往〉。

榮鴻曾自言很幸運，「當時得到香港歷史博物館的資助，負責製作影碟，又得輝哥（阮兆輝）參與，不單為影碟旁白，更細說他對杜煥的印象，而且還評價杜煥的藝術。」

為了製作《飄泊紅塵話香江》影碟，他在 2002 年，曾走訪何耀光先生，請他談談杜煥。在二十世紀六七十年代，每年生日那天，何先生都會請杜煥到家中演唱幾個小時，杜煥亦曾在自傳中特別交代：「呢位何耀光先生呢，闔家大細，人事確好，好謙，不枉有錢人嘅家裏呀。」

「何老先生已九十多歲，仍精神奕奕，在辦公室接見我。他認為杜煥的藝術是中國的文化，『有舊時的情感，不

注重物質，有人情味，很少人懂得欣賞，但我卻很喜歡聽
他唱歌。』」榮鴻曾談起此段往事，仍唏噓不已。

在大家努力下，影碟《飄泊紅塵話香江：失明人杜煥
憶往》終於在 2004 年面世。

珍貴錄音，香港文化瑰寶

事實上，杜煥數十小時的錄音，無論從欣賞、研究和
保留歷史角度來看，都是絕無僅有的寶貴資料。

榮鴻曾的好友吳瑞卿，也認為應該將錄音有系統地整
理出版。在她的協助下，又得中大商學院陳志輝教授穿針
引線，他們會見了何耀光先生的兩位公子何世柱、何世堯
兩兄弟。

「何氏兄弟說，當年實在太年輕，不大懂得欣賞古老
的南音，但每當杜煥來演唱時，父親吩咐必須在座靜聽，
因此印象很深刻。」就因為這段因緣，他們得到了何耀光
慈善基金的資助，支持出版計劃。

「何老先生多年前禮待杜煥，杜煥感激之餘，為他一
家盡情演唱；數十年後，下一代的資助，又使杜煥的藝術
能長傳於世，這豈不是有因有果，隔代的緣分？」榮鴻曾
重提舊事，感慨地說。

　　如今，榮鴻曾與何氏兄弟已成好友，何世堯曾告訴他：「當時感到不耐煩，現在回想起來，卻覺得好有味道，杜煥演唱時，父親常感動下淚，背後亦有好多故事。」

　　以「香港文化瑰寶」為總題的南音唱片，由香港中文大學音樂系中國音樂資料館陸續出版。自 2008 年《訴衷情》開始，至今已出版了八輯，其中包括《漂泊香江五十年》。

　　杜煥幾十小時現場錄音，固然是粵語說唱音樂寶庫，同時也是約三十萬字的方言文學，其價值豈止是供聽者欣賞而已？

　　「且不說故事內容的文化含意和娛樂成分，曲詞多姿多采的語言風格已值得我們珍惜、欣賞。南音優雅細緻、龍舟粗獷活潑、粵謳自然平實、板眼下三九流的俚語俗話，都代表了粵文化，是供給學者研究的稀有原始資料。」正如榮鴻曾所言，「香港文化瑰寶」見證及肯定了粵方言文學的內涵與價值。

雅好古琴，愔愔絃音不絕

　　生於 1941 年的榮鴻曾，已踏入七十八歲，但他對於音樂研究，仍孜孜不倦，他說：「我研究音樂，除了作為藝術欣賞之外，最終目的還是想從音樂中了解文化和社會。研究中國音樂，是認識中國文化和中國社會的一種途徑。」

　　毫無疑問，中國的傳統音樂，比其他類型的音樂，如流行音樂或創新音樂，與中國的文化和社會更息息相關。「傳統音樂世世代代相傳，去蕪存菁，因此音樂的結構、風格和特徵，都反映了中國文化和社會深層的哲理和美感。從純藝術的層面來說，對我最富吸引力。」榮鴻曾主要研究的課題是古琴、粵劇和粵方言曲藝，這三類樂種正反映了中國文化社會三種截然不同的世界。

　　「古琴歷史悠久，文人以彈奏自娛為主，形成了音樂世界裏特有的哲理和美感。直到二十世紀初，文人既有文化修養，亦有閒情和創意，把古琴音樂發展成最精緻的藝術。正因為自娛，古琴超越了一般音樂所重視的對聽眾的感染力和效果，卻更注重對個人的修身養性，重意不重情，在中國以至全世界都獨一無二。」對於古琴藝術，榮鴻曾評價甚高。

一九八〇年榮鴻曾與
蔡德允合照

1978-1980 年間，榮鴻曾在香港中文大學任教，至
1981 年 1 月才轉往匹茲堡大學。1996 年，他又回到香港，
在港大任教六年，前兩年是全職，隨後四年則遊走於兩
地，秋天在香港，春天回匹茲堡去。

「我可以藉此機會留在香港，既可研究粵劇，又可以
跟蔡德允老師學古琴……何樂而不為！」

說起蔡老師，他娓娓道來：「蔡德允老師於 1950 年定
居香港後，六十年代開始教授古琴為主，直到 2007 年辭
世，近半世紀培養了幾代古琴學生。他們除了學好演奏技
巧、風格、琴曲內涵外，也承受了蔡老師的文化修養和人
生哲理。」

他在《蔡德允傳》一書中，形容她為「中國最後的文
人」（The last of China's Literati）。「蔡老師堅守文人琴的
原則，不追求名利自然不在話下，而且更盡量避免一切與
名利有關的活動。學生雖未必能盡得真傳，但多少總受到
影響。」

榮鴻曾坦言，上世紀八十年代，隨着中國改革開放，

科技、傳媒、市場經濟等飛躍發展，古琴已趨向商業化及大眾化。自從 2003 年，聯合國教科文組織（UNESCO）將中國古琴藝術列入「人類口傳非物質文化遺產」後，此種情況更如火上加油。

「多人彈、多人聽當然好，商業化也未必全壞。可是，對古琴來說，商業化及大眾化，完全毀壞了兩千年來所建立的優良傳統。琴人利用市場需求，把琴藝作商業交易，演奏的風格自然受到影響。」談到這種現象，他感到很無奈。

在香港，古琴是極小眾的非商業活動，他寄望將來的大灣區，「隨着更多的文化交流，香港琴人從蔡老師處所承傳的文化修養和人生哲理，對古琴的發展可以發揮重要的影響。」

粵劇南音，方言曲藝流傳

至於粵方言曲藝，則與古琴剛好相反，「無論是南音、粵謳、龍舟，還是板眼，全以情為重，尤其男女之愛，纏綿哀怨，盪氣迴腸……曲詞充滿泥土氣息，更接近民間生活，故能感人至深，受到普羅大眾認同。演唱場合，大都處於社會低下層，與古琴的文化社會環境剛好相反。

古琴、曲藝兩者都反映中國傳統社會，只是反映不同世界而已。」榮鴻曾如是說。

榮鴻曾認為粵劇則處於兩者之間，層面最廣，對社會的影響力也最深。「粵劇內容注重廣大觀眾所熟悉的忠孝節義等儒家價值觀，劇情亦牽涉到男歡女愛，社會常見的各種矛盾，如禮教束縛和愛情自由，正大無私和見利忘義，更有丑角搬演醜陋小人，或冒充假扮他人引起的誤會，除了增加故事的曲折性，也帶來無窮樂趣，而最終出現『有情人終成眷屬』的大結局，亦不在話下……」

「舞台上的唱、做、唸、打，集娛樂性豐富的表演語彙，尤其唱腔比別的劇種豐富和多樣化，更是粵劇的特點，故深受社會各階層所喜愛。」他接着說。

回想昔日，榮鴻曾回來做研究之時，曾訪問麥炳榮、何非凡、林家聲等幾位粵劇名伶，因為他們的唱腔完全不一樣，亦各具特色。

從那時開始，他便認識輝哥，常看他排戲，也因此認識了「頭架」麥惠文師傅，而且從他身上學會了很多粵劇音樂的知識。「他每每在演出時，若空間許可又不妨礙他人的話，就讓我緊貼他身後而坐，觀察整場戲和他的演出，使我了解台上演員和台邊樂師間的密切互動關係。」至

今，對於麥惠文，他仍心存感激。

1973 年 5 月，勝豐年粵劇團赴南丫島索罟灣，為天后誕演出神功戲，他隨團度過了難忘的幾天。演五天戲就得留宿五晚，由於劇團不供應住宿，很多樂師和初出道的演員無錢租住旅館，就席地而臥，睡在舞台上。

麥惠文和兩位樂師，找了一間沒有傢俬的空屋入住，榮鴻曾和他們，晚上就睡在地板上。「雖然只是五月，農曆才不過四月中，但已炎熱潮濕……」晚上沒水洗澡，天氣又熱又焗，滿身汗臭極難受，他翻來覆去，無法入睡。「那時比較年輕，不怕辛苦。」榮鴻曾笑着說。

談到將來，隨着粵港澳大灣區的發展，他期望政府除了經濟科技外，也可以注意香港傳統文化的傳承和發展。

「粵劇是極為大眾化的商業活動，近一百年來的發展受到香港特有的政治、經濟、社會和文化環境所影響，且不受政治干擾。一方面勇於創新，作各種嘗試，另一方面又能延續『舊』社會的習俗，繼續與宗教信仰維持緊密的關係，在港島、九龍、新界和離島，常有神功戲的演出。教育方面，政府支持社區樂曲班和大學課程，而民間的音樂社更多如繁星，近年有增無減。」

對於香港粵劇一直以來的發展，他都非常關注，更期

待「這些活動將來對大灣區以至全廣東省的文化交流，會作出重大的貢獻」。

他繼而指出：「至於粵方言曲藝，職業性演唱已不復見，香港電台所保存的師娘粵謳錄音，以及我為瞽師杜煥所錄的南音、龍舟、板眼等都是重要的第一手資料。」

杜煥的錄音，雖然已在香港出版，但他更希望「將來能在全國再版發行，把『瑰寶』與內地的聽眾分享」。

幸福人生，遊走不同領域

榮鴻曾自言是個幸福的「中間人」，在香港與美國、科學與人文、中西方音樂、精緻古琴與通俗南音板眼之間，遊走於不同的領域。

自小學鋼琴，及長，又先後追隨蔡德允、姚丙炎老師習古琴，對兩種樂器，他至今仍不離不棄，「指甲短時，我彈鋼琴；到指甲長起來，我便可以彈古琴了……」榮鴻曾笑着說，活像一個開心的大孩子。

在哈佛時，他學習的，全是西方音樂，可是，他的博士論文，寫的卻是粵劇，研究專業是民族音樂及中國傳統音樂。現為匹茲堡大學音樂系榮休教授的他，雖定居於美國，亦不時回到香港來。

談及未來的計劃，他正準備與吳瑞卿合作，撰寫一本有關杜煥的書籍。

榮鴻曾謙厚摯誠，而且很健談，話匣子打開，他便滔滔不絕的說起來，還不時夾雜着爽朗的笑聲。這次訪談，於我來說，仿似上了一節音樂課。

期待他再來港之時，有機會再跟他見面聊天。

---

* 頁 189、192、208 圖片，由「灼見名家」提供；頁 193、194、198、204 圖片，由榮鴻曾提供。謹此致謝。

榮 鴻 曾 簡 介

榮鴻曾，原籍無錫，1941 年生於上海，香港長大，畢業於九龍華仁書院。1960 年赴美，先後獲得加州大學工程物理學士、麻省理工學院物理博士及哈佛大學音樂博士。2012 年獲香港中文大學頒授榮譽博士。專業民族音樂學及中國傳統音樂，曾任教於香港中文大學、香港大學、加州大學、康乃爾大學，現為匹茲堡大學音樂系榮休教授，以及華盛頓大學音樂系兼任教授。曾獲多項研究基金，包括美國古根海姆、福特、梅倫、國家人文基金，以及香港的研資局、藝展局、群芳、北山堂等。著、編、譯十本專書及文章約一百篇，近十年以英文發表的文章有〈板腔曲調的節拍轉型和演變發展：追尋傳統粵劇創意〉(2020)、〈中國文人的娛己音樂〉(2017)、〈京劇與地方戲〉(2009)、〈二十一世紀古琴音樂與聯合國教科文組織〉(2009)，以及專書《伍伯來金山：台山木魚歌選》(2014)、《粵劇帝女花英譯本》(2010)、《音樂與文化權》(2009)、《蔡德允傳》(2008) 等；以中文發表的文章則有〈蔡德允老師琴藝風格初探〉(2019)、〈音樂史今古相互影響〉(2017)、〈姚丙炎的音樂生活〉(2017、2008)、〈非物質文化遺產、文化權、和粵劇〉(2013)、〈北美中國音樂研究：學術、教學與文獻資源〉(2010)、〈粵語聲調與粵劇唱腔〉(2009)，以及專書《在你溫厚的笑容中蕩漾：紀念哈佛大學首位華裔女教授趙如蘭》(2016)等；另有鐳射唱片《香港文化瑰寶：瞽師杜煥富隆茶樓歷史錄音》八輯 (2007-2019)。

追隨利瑪竇的足跡
來港傳教逾六十載

恩保德神父專訪

《利瑪竇》海報

2013 年的音樂劇《流芳濟世》，我第一次聽到恩保德神父的名字。

此劇講述聖方濟的一生，並帶出快樂的真諦。

驀地，想起了多年前看過的一篇文章，寫的正是「恩神父」辦義學的事。

然後，是 2019 年 4 月，音樂劇《利瑪竇》，將耶穌會傳教士利瑪竇來華傳教的事跡搬上舞台。

利瑪竇於 1582 年來到澳門，學習中文和中國文化，隨後進入中國，在中國生活了二十八年，被稱為「泰西儒士」。他曾於紫禁城居住數年，最後死於中國。《利瑪竇》音樂劇，呈現的就是當年他面臨中西文化習俗衝突的危機，四面楚歌，孤獨在東方國度裏，如何穿過漫長的幽暗歲月。

恩保德神父是製作這齣音樂劇的靈魂人物，他與利瑪竇一樣，來自意大利，在香港生活超過六十年，說得一口流利的廣東話，亦熟悉中國文化。

我看的一場，是 4 月 27 日。劇終時，工作人員派發麥穗枝，讓觀眾與演員一起揮舞，台上台下互動的場面，教人感動！

然而，最觸動我的，是謝幕時恩神父的分享。

恩保德神父與作者合照

「媽媽不識字,是虔誠教徒,她不反對我做神父,但
極之反對我做外方神父,因為做了外方神父,就意味着她
失去兒子。」恩神父在台上談到自己的母親。

時光倒流六十一年,在 1958 年,他坐船離開意大利,
前往香港的那個早上,「母親站在門口,一聲不響,忽然直
直地倒在地上,像木頭一樣擋住大門。我要離開家門,就
一定要跨過母親的身體。她在挑戰我,但我最後還是跨了
過去。」

跨過母親的身體,意味着與母親的割捨,這需要多大
的決心和勇氣!

就在那一刻,我決定訪問恩神父。他來港傳教的故
事,一定很精彩。

端午節前一天的早上,我和攝影師來到觀塘的宜安
街,遠遠便見到聖若翰天主堂上的十字架。步進聖若翰天
主教小學,沿着樓梯走上五樓,那是恩神父的宿舍。

　　一邊喝着柚子蜜，我和恩神父開始聊起來。

　　恩保德神父很健談，話匣子打開，就從他小時候説
起……

因為戰爭，我完全沒有童年

　　「我出世的時候，意大利正預備打仗。」恩保德神父出
生於 1934 年，他坦言戰爭影響他的一生。

　　「因為戰爭，我完全沒有童年。」戰火紛飛的年代，令
他缺乏很多東西，未能像其他兒童一樣，擁有一個正常童
年，而且失去上學的機會，所以他一生都反戰，非常痛恨
戰爭。

　　「我很喜歡學語言，但學習需要在某個特定的年齡，
錯過了便很難追得上……」他認為母語非常重要，「母語的
好處，是 inborn 的，與生俱來，不是單靠學習而得到的。」

　　恩神父來到香港後，才開始學習中文。可是，來港
多年，他講意大利文，反而沒有中文流利，如果返回意大
利，他要花上一兩個月時間的適應期，才可以意大利文做
彌撒。

　　「我很佩服利瑪竇，到中國多年後，仍然不忘意大利
文，寫信也是用意大利文，而且寫得很好，其實當時在

中國，可以見到的意大利神父並不多。」

　　「不過，我知道，如果我長時間離開香港，中文便會變得很差，重新再學，好痛苦。」他笑着說。

　　他以中文「麵包」為例，學了這個詞，懂得發音，也明白它的意思，但這只是知識而已，但意大利文 "pane"（麵包），對他來說，卻大為不同，除了知道它可以吃，內心還會湧出很多感受，帶來無限的聯想。

　　恩神父生於意大利南部，五、六歲左右，因為戰爭，便搬去中部，在羅馬附近的農村居住。一般住在意大利北部或中部的人，都看不起南方人，飽受歧視的他，童年生活並不很愉快。

　　「打仗時，好多時候都沒有食物，只能吃黑麵包，既無營養，亦不好吃。」恩神父的母親，卻很有本領，也很有計劃。她會找人幫手耕田，種植小麥，然後磨成麵粉，再自製麵包，供一家大小食用。

　　對於 "mama" 這個字，他會聯想起母親在爐邊做麵包，大汗淋漓，自己在旁邊幫手執柴……甚至看到麵包脹起來的畫面。「媽媽很了不起，好像甚麼都懂得做，甚至自製酵母。」說起母親，他一臉神往。媽媽送的項鏈，他一直佩戴着，「七歲時送給我的，我不知道上面是甚麼，但對

我很珍貴。」

　　為了躲避戰機轟炸，他們經常要逃到其他地方暫住。偶然回去農場，看看田裏的農作物可有收成。「有一日下午，我們返回農場，竟然發現整間屋不見了，原來給炸彈炸毀了，變成一個大坑洞。父母很有警覺性，他們知道甚麼時候要逃難，遲了一步，就會全部給炸死，粉身碎骨。」家園盡毀的滋味，對於一個小孩子來說，實在不好受。

　　想當年，小朋友的玩具，不是普通玩具，而是士兵遺留在地上的手槍、炮彈，甚至手榴彈。很多小朋友慘遭炸死，周圍充滿死亡的陰影。

　　難民時常要搬，居無定所。年紀小小，他已渴望到另一個地方生活，體驗另一種文化。大概七歲左右，有一天晚上，他仰望天空，心裏暗想：「不知道在其他地方，有沒有一個小朋友，正在做着同樣的事，我們將來能否相遇呢？」

我的聖召，就是離開故鄉

童年時，恩神父家裏的農場，自給自足，他們曾經飼養過不少動物，包括雞、兔、牛、羊……

他觀察過一隻小雞的誕生，「雞蛋可以孵雞仔，雞仔先用嘴啄破蛋殼，然後將頸和頭慢慢伸出來……」從生活中學習，知識不是來自課本。

「未離開蛋殼的時候，雞仔完全不知道自己生活在殼中，好安全。直到走出來，可能會被老鼠、貓吃掉，好危險！」如果小雞知道風險，可能就不想走出來。

十四、五歲的時候，他開始思考自身的問題，「我覺得自己跟蛋殼裏的雞仔並無分別，文化就像一個蛋殼，有很多局限和牽制。」生活中的點點滴滴，讓他得到啟發。

他渴望離開自己的「蛋殼」，跑到另一個地方去，與其他人相處，追求文化共融。「不過，在甚麼時候離開，由不得自己決定，如果未準備好，就無法離去。」利瑪竇離開自己的國家，在中國生活了二十八年，這是最吸引他的地方。

「我的聖召就是離開自己的文化，離開故鄉。」恩神父在十七、八歲的時候，進入米蘭的宗座外方傳教會，預備

日後到海外傳道，他強調「這是天主的安排」。

「我覺得對年青人來説，離開故鄉，應該很吸引。」
當時歐洲是戰場，很多年青人希望歐洲統一。恩神父不諱
言，他不喜歡現在的歐洲，因為現在「講分裂、講獨立，
好 crazy ！」

他在宗座外方傳教會學習六年，想過去中國傳教，奈
何上世紀五十年代，中國的大門緊緊關上。

至 1957 年，何去何從，他要作出抉擇。院長問他喜
歡去哪裏，他想去亞洲，於是填上日本和印度，結果被派
到香港來。為甚麼？

「做神父，就是要你做不喜歡的事，去不喜歡的地
方。」這就是院長的回覆。

文化差異，帶來莫大衝擊

恩神父很不開心，因為既不喜歡香港，也不喜歡受
騙，還討厭坐船。「我暈船暈到天旋地轉，嘔到『死死
吓』，整整二十五天沒吃過東西……」全程不飲、不食、不
眠，他好不容易才捱到香港。

然而，踏上碼頭時，「我看到山上的房子，一閃一閃
的燈火，就像聖誕夜的馬槽，這就是我對香港的第一印

象。」尖沙咀的夜景，使他畢生難忘，也讓他開始對這個地方改觀。

他非常討厭殖民地，以為香港很「英國」，「一個月之後，我開始感謝天主，因為香港就是中國，每個人都講中文。無論是食物，還是衣著，都非常中國化，有很多中文報紙雜誌、電台講廣東話……天主將中國隱藏在香港裏面。」初到香港，他要學習中文、英文，當然要學講廣東話。

來港後不久，恩神父跟二十多個青年人，去鳳凰山看日出，「想不到，在山上竟然看到中國的地方。」他們喜出望外，每人寫下一句說話，祝福中國青年，然後將紙條放進玻璃樽中，埋在地下。

世事很奇妙，大約在十多年前，他接到《南華早報》一個電話，告訴他：「有一個英國家庭，在鳳凰山搭營過夜，竟然挖出一個玻璃樽……」，玻璃樽裏面藏着的，竟然就是他們當年埋下的祝福紙條。

「我每次搭船出海，望到鳳凰山，都想起這件事。Amazing!」生命總是充滿奇蹟。

生活在香港，他逐漸體驗到文化差異帶來的衝擊。

恩神父認識一位男孩子，妹妹是天主教徒，哥哥要坐

船到台灣讀書，她請神父送一份禮物給他。「讀書最重要是
早起，不如送一個鬧鐘給他。」他心裏想。

　　他們的母親是虔誠的佛教徒，一見這份禮物，立即面
色大變。神父當時不知道，「送鐘」跟「送終」同音，對
廣東人來說，好忌諱。

　　另一打擊，來自另一次鳳凰山之旅，修士帶他到寶蓮
寺參觀。在寺院附近，漫山遍野，長滿一種很美的植物，
葉子很細小，他從沒見過，原來是茶樹。在好奇心驅使
下，他摘下一塊葉子，放在簿中留念。怎料，附近有個尼
姑，目睹這一幕，衝着他說了一大堆話。他雖然聽不懂，
也感受到她的不滿。

　　同行的修士告訴他，「她說：『這些西人，去到哪裏，
第一件事，就是毀滅生命。』」他呆在當下，完全不能理
解，何以受到這樣的指責。

　　就這樣，他逐步接觸中國文化，亦深深感受到中國文
化的博大精深，了解到要透過慢慢學習，循序漸進，浸淫
其中，才能領會箇中的奧義。

　　對他來說，這是個艱辛的文化旅程，來到香港，他
要適應一種嶄新的生活模式，而與人溝通，也是莫大的
挑戰。

Chi Wai@moonimage 攝

融入草根，體驗基層生活

恩神父最初來到香港，最先被派到跑馬地去，服務於聖瑪加利大堂。

有人告訴他：「跑馬地是有錢人聚居之處，也是賭錢的地方。」

他開始探訪後，印象卻不一樣。他最初到銅鑼灣的避風塘探望艇家，從一隻船跳到另一隻船，「孩子對我這個陌生的『鬼佬』，好像不太歡迎。」他想起了意大利同鄉利瑪竇在肇慶的生活。

「瑪利諾中學山上的木屋區，也是貧民窟。」實地的觀察，令他認識到，跑馬地也是窮人生活的地方。

他還記得，當年的劉松仁，只有九歲，參加了聖母軍，還跟隨着他到處去探訪。

劉松仁是虔誠的天主教徒，一向敬重恩神父，兩人私交甚篤。難怪他為了這齣《利瑪竇》音樂劇，答應了當導演，奉獻出三年的時間，推掉所有的工作。其實劉松仁早

Eric Wong 攝

劉松仁

在 2013 年，已為恩神父演出過音樂劇《流芳濟世》，這已是第二次合作，他視之為使命，實在很難得。

「那時，還未有強迫教育，所以好自由。」眼見失學的兒童為數不少，恩神父開始構思辦義學。他在銅鑼灣聖保祿學校借到地方，每天下午三時放學後，可以利用學校的課室辦義學。學校叫「恆心學校」，是完全免費的，學校的義務教師，大多是來自附近學校的中學生，聖保祿、瑪利諾、聖若瑟⋯⋯

學生大多住在天台，義工姐姐有時要去叫醒他們來上課，有時甚至要煮飯給他們吃。「這班孩子可能好壞，也許在晚上，他們會在灣仔向美國大兵推銷毒品。」

「我也試過花五十元，去跟一個乞丐父親交換孩子，帶他去上課。」這個深入基層的神父，就這樣辦起義學來，一辦十年。

其後，恩神父調去其他地區工作，因為不辭而別，令很多年輕人傷心，其中一個就是劉松仁。他們恍如迷途小羔羊，好不容易才找到神父問個究竟。

「我既然派到其他地方，就必須跟之前的一切割斷，否則，對其他地區的小朋友不公平，就好像你交上新的女朋友，就要跟舊女友一刀兩斷，否則就對不起新的女友。」神父的答案，聽起來，多麼有哲理！

離開跑馬地，恩神父曾到過香港仔田灣兩年、鑽石山木屋區五年，然後去越南傳教，做砂糖的推銷員，認識了很多當地的中國人。兩年後回到香港，在灣仔的聖母聖衣堂，繼續他的傳道工作。

除了傳教，他也在香港仔的工廠做過工人。「我想融入草根，體驗基層的生活，不想只活在中層的香港。」恩神父在工廠工作多年，靠自己賺錢，養活自己及弟兄。教徒稱他恩神父，但在工廠裏，工友都會叫他恩叔。

接着，神父去了大角咀的中華聖母堂工作，先後服務多個堂區，其中包括荃灣的葛達二聖堂、葵涌的聖斯德望堂、觀塘的耶穌復活堂，以及現今的聖若翰堂。

中國人，也視我為中國人

恩神父在越南西貢時，越戰剛結束。有一次他騎着單車，出外賣砂糖的時候，被警察截停，還盤問他：「單車是從甚麼地方偷來的？」

他拿出合作社的證件，重申「單車是我的，車輪也是
我的……」，但警察還是將他帶回警署去。

在警署內，三個警察一起審問他。情急智生下，他記
起老闆的一句話：「我是工人，在社會主義國家，拉工人是
不對的，應該拉老闆。」

憑着這句話，警方決定派一個警察押送他回合作社找
老闆，但要將單車及砂糖留在警署。

神父回到合作社後，便與老闆一起返回警署。

就在這時，拘捕他的警察，把他拉到一角，悄悄地跟
他說：「對不起！我拉錯人。我發誓，我不會拉中國人。我
是中國人，在越南出世，但我不能透露我是中國人。千萬
不要將這件事告訴你的老闆，單車和砂糖放在二樓，你們
可以拿走。」

事情的發展，至此峰迴路轉。究竟是怎麼的一回事？
他也摸不着頭腦。

恩神父後來才知道，他每天早上返工，都會經過一間
木屋，通常會跟門口的阿婆打招呼，說聲「早晨」。原來
這位阿婆，正是那個警察的外婆，婆婆知道孫兒拘捕了神
父，便派人告訴他：「這個是好人，要放他走。」

這個警察將恩神父視作中國人，所以放走了他。

「我感到很開心，連中國人也把我當成是中國人。」這就是他最大的得着。

傳播福音，活用本地文化

眼前的恩神父，令我想起了明朝的利瑪竇，四百多年前，年輕的神父，為了傳教，遠涉重洋，來到陌生的中國，迎接他的是因百般誤解而生的敵意。他選擇學習漢語，尊重中國文化，願意學習、了解、吸收中國文化，與士大夫、平民交往，嘗試融入中國的社會，他不畏艱難，與中國人交流其豐富的學識，文學、科學、禮儀、哲學，以及宗教論說，還努力不懈，付出無比的心力和時間，用盡各種方法宣揚福音。

恩神父走的，何嘗不是利瑪竇走過的傳教之路？

恩神父經常披上斗篷，他戲稱那是利瑪竇制服；他追隨利瑪竇的足跡，來到香港傳教。時移世易，恩神父成功地融入基層，而且在傳教的路途上，不斷嘗試加入本地文化；同時亦協助本地教會推動禮儀本地化，例如用廣東話做彌撒。他又嘗試運用創新的方式傳播福音，與青年信徒合作，採用流行曲調，創作廣東歌，藉着易於入腦的歌曲傳教，以幫助更多人認識天主。

恩保德神父分享音樂劇《利瑪竇》

Cyprian 攝

「音樂可以團結人⋯⋯一起唱歌可以使人認同、堅持一個信念。」恩神父亦創辦「逾越知音」，到世界各地，透過舉辦音樂會去福傳。

音樂劇《流芳濟世》、《利瑪竇》的誕生，正正體現了恩神父一貫的信念。

---

*　頁 211、214、217 圖片，由「灼見名家」提供；頁 212、222、223、227 圖片，由「文化交談有限公司」提供。謹此致謝。

恩 保 德 神 父 簡 介

恩保德神父（Giovanni Giampietro），出生於意大利南部，在宗座外方傳教會學習六年，1958 年來港傳教，在香港居住超過半個世紀，先後服務過多個堂區，現為聖若翰堂的助理司鐸。他曾在跑馬地辦義學，亦曾於工廠當工人，體驗基層的生活。他一直致力向華人，特別是海外華人傳揚福音，於 2005 年創立「逾越知音網上福傳學校」，為世界各地信徒提供有關福傳的培訓，舉辦兩年制的免費課程。他又嘗試與青年信徒合作，創作廣東話歌曲，藉以傳播福音。近年更策畫了兩齣音樂劇《流芳濟世》（2013）、《利瑪竇》（2019），將聖方濟、利瑪竇的故事搬上舞台。

荷池粵韻聲影美
媚香撰劇曲留情

新劍郎專訪

踏入 2019 年的 6 月，一年一度的「中國戲曲節」又來了。

6 月下旬，我看了新編粵劇《媚香留情》，編劇是新劍郎，他也演出侯朝宗一角。

與此同時，還有廣東四合院「大八音、說唱、廣東音樂及古腔粵曲」音樂會，節目也很吸引，我也買了票。

我看的那場，剛好有新劍郎演唱古腔粵曲〈甘露寺訴情〉。

那天晚上，在後台巧遇新劍郎，我說：「田哥，想約你做專訪。」

他二話沒說，便答應了邀約。難得的爽快，真好！

訪問那天，我們相約在油麻地，在「八和」附近一間咖啡店內，他熟悉的地方。我們一邊喝茶，一邊便聊將起來。

喜歡粵劇，才可以堅持走下去

新劍郎原名巫雨田，行內人都稱他「田哥」。

「黃大仙廟前面，幾乎長期有一個戲棚，我常常跟父母到戲棚睇大戲。」小時候，受到父母影響，他已是個粵劇迷，從小就愛看戲。

　　初中時的一個暑假，母親鼓勵他去學戲，「戲班的其中一個主辦者，是我家的遠房親戚，他介紹我去吳公俠老師那邊習藝。第一次學戲，我還記得，是在亞皆老街的『木業工會』，我的師姐有洪虹、薛家燕……」吳公俠老師的徒弟頗多，尹飛燕、林錦堂也曾拜他為師。自此，田哥便一邊讀書，一邊學藝，偶爾也踏踏台板。

　　當時的田哥，正值求學時期，並未視演戲為職業，純粹是為了興趣而已。

　　六十年代的香港，社會經濟環境不太好。他中學畢業那年，適逢「六七暴動」，經濟更蕭條。「那時，沒有甚麼工作可做，升讀大學，更是遙不可及，好自然，便進入戲行。」他印象中，有一次曾與羽佳同台演出，但印象已很模糊。

　　「我初出道的時候，其實捱得好辛苦。演戲賺取的金錢，除了養活自己，還要置裝，所以要『死慳死抵』。」田哥坦言，那段時期是成長階段，雖然辛苦，也是值得的。

　　他邊學邊做，亦不斷進修，以充實自己，例如追隨許

君漢學習北派，「當時的師父很好，不會斤斤計較，大都願意傾囊以授。」他感激之情，溢於言表。

那些年，他很年青，也很努力，勤於練功。「很多時候，我都是『搭單』去練武，例如李鳳聲在印度會練功，我便跟着她去，不斷自我增值。已經十八、九歲了，當然不想再向家人伸手取錢……」他一再告訴自己，捱過了這段日子，便有好日子過。

「投身學戲，如果不喜歡粵劇，很難堅持下去，因為這條路實在很艱辛。」田哥坦言，粵劇的路從來不易行！

走埠星馬，是一生最好的歷練

1967 年，粵劇市道已走下坡，隨後的兩年，好像有點復甦，但到七十年代初，戲班便陷入低潮，既然在香港缺乏演出機會，他只好走埠，開始到星馬一帶登台，斷斷續續的，「直到八十年代，我便索性留在那邊繼續發展，一去十多年。很多人有一個錯覺，以為我不是香港人……」他邊笑邊說。

「我的師父當時已沒演戲，也不是著名的大老倌。加上香港人才濟濟，沒有人脈之助，在香港演出的機會不多。」就因為這樣，田哥只好另謀出路，走埠去也。

當時在星馬登台，一台戲連演二十天，「夜場上演的
粵劇是有劇本的，但在日場，做的卻是『提綱戲』，手上
只有一張提綱，戲該怎樣唱、怎樣演，我完全不懂，便要
抓緊時間，向前輩請教，他們也毫不吝嗇地教導我們。例
如明天要上台演出《斬二王》，今天晚上才開始學，非常急
就章。」因緣際會，他學到很多古老排場戲。

田哥引述前輩的教誨：「學過不如做過，做過不如錯
過，錯過不如錯得多，但不是在同一點上犯錯，錯得越多
便會學得越多。」透過演出，從實踐中學習，從失敗中求
進步，他自言得益不少。

「那段時間，是我一生中最好的歷練，也是我演藝生
涯中，最重要的里程碑。」談及往事，他毫不猶豫地說。

田哥慨嘆，在星馬演戲，客觀環境並不理想，樂師
的水平比較參差，「在香港，我們可以跟着音樂唱；但在
那邊，便要帶着音樂唱。如果可以駕馭那班樂師，在那邊
『唱得掂』，回香港演出，簡直『識飛』，完全沒難度。」
那種歷練，是用錢買不到的，難怪他的功夫如斯紮實。

他記得有一次，在香港演出《南海十三郎》，劇中扮演
薛覺先，唱〈寒江釣雪〉一曲時，「咪」壞了，他只好用真
聲唱出，結果效果很好，贏得滿堂喝采，掌聲不絕。

《合兵破曹》中的孔明

《搜證雪冤》中的護國公

　　所謂「台上一分鐘，台下十年功」，真正的本領、唱功就是這樣「練」成的。因為得來不易，所以他份外珍惜。

　　當地有很多名師，蔡豔香老師是箇中表表者，出生於粵劇世家的她，當年以「踩砂煲」的獨門絕技及南北武術而贏得「女武狀元」的稱號，至今仍為粵劇界前輩津津樂道。

　　「我跟蔡豔香的關係很好，彼此相識數十年。我跟她第一次合作，她還是正印花旦，後來她年紀大了，身形胖了，便轉做丑生。」

　　「我回港多年，但每年都會返回吉隆坡，一定去探望她。」蔡豔香 2019 年 4 月來港，在油麻地戲院作示範，田哥亦有幫手，「最初示範是公開的，但我反對，最後決定只供八和會員作內部觀摩。」

「蔡豔香是個有名望的花旦,但已經八十多歲,行動也不方便。我想保持她在觀眾中美好的形象……」相信大家也了解他的心意。

蔡豔香示範「紮腳十三妹」,還想上台,但她的腿不行。田哥心疼老人家,只好跟她說:「我來,你講,我上台做。」

回港發展,《戊戌政變》是試金石

1987 年,梁漢威搞新派粵劇《戊戌政變》,邀請新劍郎回港,飾演光緒一角,這是一個重要的轉捩點。演這齣戲,好像是試金石,帶來很好的迴響,讓他考慮回港發展。

「八十年代開始,我在星馬演出十多年,一直住在吉隆坡。自從威哥找我回來演出後,香港才開始有人認識我,找我回來演戲。」

　　當時他仍然未敢放棄星馬的演出，因為在那邊的生活安定，在香港仍然是浮浮沉沉，比較動盪。直到幾年後，他覺得時機成熟，可以在香港立足，於是在 1991 年結婚，成為「大馬姑爺」後，1992 年便返回香港發展。

　　田哥在星馬，不但學藝多，演出多，戲迷也不少，可算是個響噹噹的人物。「十多年來，我在星馬，可謂無人不識，但始終……跟在香港不同，總好像缺乏了一點東西……」他覺得要在香港覓得一席位，能在本地的粵劇界闖出名堂，才稱得上「紅」。

　　梁漢威早於八十年代，已倡導粵劇改革，追求創新，《戊戌政變》可說是踏出改革的第一步。田哥曾參與此劇演出，他認為：「創新與傳統是互補的，粵劇可以百花齊放，新舊兼容。無論是創新、懷舊，甚至走中庸之道也好，讓觀眾自行選擇。總之，不要背棄粵劇的『根』便可以。」

　　他勇於嘗試新的東西，除了粵劇，也演舞台劇，例如在《袁崇煥之死》中演崇禎皇帝，在《南海十三郎》中演薛覺先，甚至在音樂劇《耶穌傳》中演耶穌。

　　麥秋找他扮演耶穌一角，他第一句便說：「我不是教徒！」

《耶穌傳》中的耶穌

麥秋的回應也很直接了當：「我只是找一個演員，合適便可以了。」彼此有共識，結果一拍即合。

編寫劇本，視葉紹德先生為師

論及粵劇劇本，田哥不諱言最喜歡的，還是唐滌生的戲，而在眾多劇本中，他最喜歡的是寫於 1958 年的《白兔會》，對於此劇，他情有獨鍾，因為劇本寫得實在很精彩，「如果我做文武生，一定演出此劇。」

文武生是台柱，是一台戲的男主角，自然成為不少戲行中人的目標，但對他來說，演文武生也好、演小生也好，沒有甚麼大不了。他笑言：「我是個演員，你把我放在哪一個位置，我也是演員，行內稱之為『職分者當位』。演小生，我也不覺得貶低自己。」

「在今年的中國戲曲節，我剛演完《媚香留情》，在戲中我是做文武生，但接着有戲班找我做小生，我也覺得完全沒問題。」他繼續說。

《媚香留情》中的侯朝宗

　　話題一轉，我們談到《媚香留情》，大家都知道，這個
劇本取材自孔尚任《桃花扇》，寫的是侯朝宗與李香君的愛
情故事。此番由田哥負責重新編寫，未看之前，大家都渴
望知道結局如何。

　　「究竟侯朝宗會降清？還是入道？如何令觀眾信服，
實在不容易。這個戲在舞台上，曾有不同的演出版本，以
『重上媚香樓』作結，我認為這是一個不錯的安排。」田哥
改編這個劇本，可謂得心應手，因為早已知悉演員陣容，
他與南鳳、阮兆輝、鄧美玲等演員已是老拍檔，彼此合作
無間。

　　「我寫的時候，已想像輝哥將會如何演繹楊龍友，他
演得很到位，鄧美玲演的李貞麗也非常出色……那是一種
歡場中的愛，有點曖昧，比較滄桑，但令人回味不已……」
他最喜歡的是楊龍友與李貞麗之間的一段感情戲。

　　他構思《媚香留情》，只醞釀了幾個月，「整個架構、
分場安排好之後，下筆其實很快，我每天大概寫三個小
時，寫了十至十二天左右便完成劇本。」

　　田哥的創作，原來始於 2001 年，第一齣撰寫的劇本就是《荷池影美》。

　　這齣戲本來是葉紹德先生負責編寫的。

　　「我已經想好故事結構，弄好故事大綱，亦寫好分場，只待德叔填詞，但他當時腰骨痛，未能執筆，我便先開始寫。」當時他剛好去多倫多演出，坐飛機一來一回，幾乎已寫了半齣戲，開頭和結尾都寫好了，但德叔仍未痊癒，結果整齣戲由他獨自完成。

　　他很感激德叔的信任，讓他自由發揮，從此走上編劇之路。

　　「編劇對我來說並不困難，因為我熟習粵曲……我先醞釀好故事架構，然後『埋位』便寫。德叔對我的影響很大，我填小曲的方式，跟他一樣，都是先列譜，然後逐字填上，所以唱起來都很順暢。」田哥在粵劇方面的造詣，對提升自身的劇本創作技巧，自然大有幫助。

　　到 2004 年的《碧玉簪》，主辦單位本想請葉紹德編寫，但他之前已寫過一齣，給「慶鳳鳴」演過，所以不想再寫。結果編劇之責，又落在他手上，「珠玉在前，我尊重德叔，請他當顧問。」

　　田哥跟德叔認識已久，交情非常深厚。「我曾請他收

我為徒，不過，他説『我不收徒弟的』……」兩人的關係，可説亦師亦友。

「我們幾乎每個星期都見兩、三次面，很多時候在逸東酒店飲茶。後來德叔患病，我們每個星期亦至少見一、兩次。他過來九龍看醫生，也常約我吃午飯。他走了，我實在很捨不得，現時我的書枱上，仍然放着跟他的合照……」説起德叔，田哥的語調愈來愈低沉。

田哥編寫的劇本，戲名大多四字詞，他説：「我不喜歡太長的戲名，不自覺地愛用四字詞，例如《寇下森羅》、《搜證雪冤》、《情夢蘇堤》等。在《媚香留情》中，我寫的口白，也多用四字語句，也許這是個人的偏好，逐漸演變成個人的風格也説不定。一般來説，我寫的曲詞比較簡潔。」

他認為撰寫劇本，遣詞用句，不能過於艱深晦澀。第一要令看劇本的演員明白，第二要讓觀眾聽得明白，如果要翻查《康熙字典》才能明白唱辭，那就未免太過分了。

「一個好的劇本，要講究起承轉合，從這一場過渡到另一場，一定要讓觀眾滿意，令他們看完頭場，還有興趣追看下去……這些寫作技巧，不易拿捏，需要好好學習和掌握。」

　　無論是編和演，都需要磨練，十多年來，田哥已寫了三十個左右的劇作，亦作出了多方面的嘗試。無論是充滿濃烈陽剛氣息的《寇下森羅》（2010 年），還是按傳統排場編成的《搜證雪冤》（2014 年），以至近年以創新手法寫成的《情夢蘇堤》（2017 年），每一齣作品，不單題材各異，亦呈現出不同的風格和特色。

傳承推廣，為粵劇藝術盡心力

　　田哥在粵劇界超過五十年，曾參與多個劇團的演出。他除了編寫劇本，還積極投入粵劇的傳承、推廣工作。

　　「我的生活，無論衣食住行，靠的就是粵劇，難道不能為這個行業盡一點力？能力所及，便盡心去做……」十多年來，為了推廣粵劇，他已做了不少工作，到學校主持講座、工作坊。他認為走進校園，在學校引入粵劇，至少讓年青人認識粵劇是甚麼，在培養觀眾方面，也有正面的影響。

　　在粵劇的傳承方面，自 2012 年開始，香港八和會館，

在政府的支持下，在油麻地戲院推出「粵劇新秀演出系列」，為新人提供一個學藝及演出的平台，由六位資深的粵劇老倌擔任藝術總監，田哥是其中之一，負責挑選劇本、講戲排戲……將粵劇的表演藝術口傳身授。

「人們常說飲水思源，我今天的一切都來自前輩，現在為後輩做一點事也是應該的。」過去的一年，他已經為香港演藝學院的學生，排練了兩個戲。他的認真、投入，正是年青一輩的最佳榜樣。

今天的年輕新秀，能以粵劇為生嗎？「做大戲絕對可以『餬口』，只要你有能力，用心去演便成，優勝劣敗全取決於自己。」他道出個人的看法。

台前幕後，繼續做到百分之百

眼前的田哥，身材高挑，體形標準，他每天可有練功？

「練功是十多歲時的事，那時候很認真，每天操練幾個小時。現時的演出，主要還是吃老本。坦白說，現時我做『金雞獨立』，比很多年輕人還要穩當，還要漂亮……」他笑着說，幾乎要站起來示範。

他近年已減少演出，「我不再接神功戲，因為大多在夏季演出，天氣太熱，身體支持不了，反正我也有很多工作。」

「記得二、三十歲時，在農曆七月，我可以做足二十六日戲，而且有日、夜場。現在，身體已不復當年……」回想當年，他不禁搖頭嘆息。

今時今日，田哥在粵劇藝術上的成就，已經備受肯定。他認為演粵劇，必須要有心，才能演活戲中的角色。而唱腔在角色的表現中至為重要，演員不能為唱而唱，一定要唱出人物的心聲，表達人物的感情。浸淫多年，他的唱腔，亦不屬於甚麼家派，已發展出個人的特色。

從台上到台下，從台前到幕後，他一再強調：「粵劇，對我非常重要。我熱愛我的工作，也享受在舞台上的每一刻……」。

談到未來計劃，他當然會繼續踏台板，但會較為側重幕後的發展，例如當藝術總監、編寫劇本等。

他透露：「2020 年 3 月，香港藝術節計劃演出中國的四大南戲『荊、劉、拜、殺』。」而足本《雙仙拜月亭》，則由他當藝術總監，指導新秀演出，因為劇本比較長，接近五小時，只好分為日夜上下兩場演出。

看來我們要拭目以待，觀賞田哥如何將唐滌生這齣名劇搬上舞台。

在個多小時的訪談中，田哥從早年的學藝過程，談

新劍郎榮獲二〇一八年藝術家年獎（戲曲）

到今天在粵劇界的發展，分享了他在演藝生涯中的種種經歷……聊得興起，還即時清唱幾句，完全沒有大老倌的架子。

訪問完畢後，田哥應攝影師的要求，與我們一起步行至油麻地戲院，在那處取景拍照。其平易近人，亦於此可見。

在戲院門口，我們揮手告別。

想起了田哥早前榮獲「2018藝術家年獎（戲曲）」時的得獎感言：「有朋友用實至名歸來形容我得到的這個獎，我受之有愧。我只不過是盡我自己的能力，做到我的百分之一百，我也將會繼續這樣做。」

擇善而固執，田哥對粵劇藝術的熱誠，對粵劇藝術的堅持，對粵劇藝術的貢獻，實在有目共睹。

期待不久的將來，在舞台上，再見到田哥演出他的拿手好戲，欣賞到他那獨特的唱腔、功架，還有矯健的身影。

---

* 頁229、231、241圖片，由「灼見名家」提供；頁234、235、237、238、244圖片，由新劍郎提供。謹此致謝。

新 劍 郎 簡 介

新劍郎，原名巫雨田。香港資深粵劇演員、製作人及編劇，舞台經驗豐富，現為香港八和會館副主席。六十年代跟隨名宿吳公俠學藝，後從許君漢學習北派。除演出外，亦參與幕後製作，作品有《七賢眷》、《血濺紅燈》、《元世祖忽必烈》、《蝴蝶夫人》、《碧玉簪》、《妻嬌妾更嬌》及《十八羅漢伏金鵬》等。2001 年參與舞台劇《袁崇煥之死》及《一人劇場獨腳騷之唱談粵劇》的演出，並初次編寫粵劇劇本《荷池影美》。2003 年製作新編粵劇《蝴蝶夫人》，2004 年編寫《碧玉簪》，往後陸續編寫了多個劇本，近期作品有《大唐風雲會》、《珍珠旗》、《情夢蘇堤》、《媚香留情》等。近年積極參與粵劇推廣工作，到訪多間中小學進行教育推廣活動，並擔任「粵劇新秀演出系列」藝術總監，指導粵劇新秀演員，推動粵劇承傳工作。曾任粵劇發展基金顧問委員會及粵劇發展諮詢委員會委員。2009 年獲香港特區政府民政事務局頒發嘉許獎章，2012 年獲頒授「行政長官社區服務獎狀」(CEC)，2019 年榮獲香港藝術發展局「藝術家年獎(戲曲)」，並於同年獲香港特區政府頒授榮譽勳章 MH。

與宗教、文化、歷史同行

夏其龍神父專訪

《香港天主教傳教史 1841-1894》書影

　　夏其龍神父是研究香港教會歷史的重要學者,他曾花
了五年的時間,根據香港教區檔案處、羅馬教廷傳信部,
以及歐洲多個修會所提供的大量文獻,完成了香港天主教
傳教史的博士論文。十五年後,論文被譯成中文,在 2014
年出版了《香港天主教傳教史 1841-1894》一書,將香港天
主教教會早期的發展歷程,全面地呈現出來。

　　夏神父早年在羅馬念神學,七十年代初期,亦曾到德
國讀哲學。至八十年代,他任職天主教香港教區傳播處,
並擔任《公教報》的總編輯。為此,他曾赴哥倫比亞大學,
完成傳播碩士課程。九十年代初,夏神父調任檔案處主
管,其後,更兼任香港中文大學文化及宗教研究系天主教
研究中心主任。

　　早在 2019 年 4 月下旬,已想約夏其龍神父做專訪,因
為聽說他將會退休。

　　夏神父在 4 月出版了《拉丁語法入門》和《拉丁入門讀

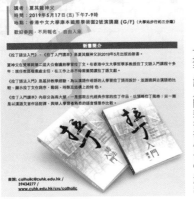

漢語和拉丁語的異同
講座暨新書發佈會

講者：夏其龍神父
時間：2019年5月17日(五)下午7-9時
地點：香港中文大學康本國際學術園2號演講廳 (G/F) (大學站步行約三分鐘)
歡迎參與，不用報名，自由入座。

新書簡介

《拉丁語法入門》、《拉丁入門課本》是夏其龍神父於2019年5月出版的新書。

夏神父在梵蒂岡第二屆大公會議結學習拉丁文。在香港中文大學哲學系教授拉丁語入門課程十多年；現任教區喪禮處主任，在工作上亦不時需要閱讀拉丁語文獻。

《拉丁語法入門》是基於教學經驗，為以漢語作母語的人學習拉丁語而設計，並適當與古漢語的比較、顯示拉丁文在詞序、動詞、時態及結構上的特色。

《拉丁入門課本》內容分為兩大類，一是選取古代經典作家的拉丁作品，以領略拉丁風格；另一類是以漢語文言作品對譯，與華人學習者熟悉的語言情景作比較。

查詢：catholic@cuhk.edu.hk /
39434277 /
www.cuhk.edu.hk/crs/catholic

「拉丁語入門新書發佈會」海報

本一》兩本新書，而且在 5 月 17 日舉辦新書發佈會，探討漢語和拉丁語的異同。

我在發佈會結束之後，直接向他提出邀請，他也答應了。

夏神父也是大忙人，直到前一陣子，才有空接受訪問。

訪談那天，我跟攝影師跑到馬鞍山的聖方濟堂，跟他聊了幾個小時，內容當然離不開天主教研究中心，有關拉丁文、歷史的教學，以及文化考察……

天主教研究中心

話匣子打開，我才知道夏神父已於 2019 年 7 月底，在天主教研究中心主任的崗位上退下來。

他說：「我今年已踏入 77 歲，中大已一再寬限。退下來的原因，主要是因為年紀，此外，亦考慮到接班人的問題。」

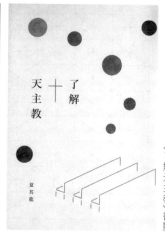

《1950-1980年代香港天主教教育——口述歷史訪問》書影

《了解天主教》書影

天主教研究中心於 2005 年成立，主要研究香港天主教教會的發展，十多年來，展開不同的歷史研究計劃，將天主教的發展與香港社會連結在一起，進行相關的研究工作。其中包括「鹽田梓——客家村落與天主教」、薄扶林「太古樓」的歷史研究，以及香港天主教墳場、香港各種不同修會的歷史研究。此外，還對香港天主教學校的發展作出深入研究，探索五十至八十年代香港天主教的教育。

拉丁文的學與教

夏神父在中文大學任教，始於 1999 年，當時哲學系的系主任關子尹教授，邀請他教授拉丁文。關教授認為學哲學的人，在思想方面的訓練，需要學習拉丁文，而研習拉丁文，亦可加深學生對西方文化的了解。

拉丁文課程為選修科，神父已教了十多年，他的學生，除了來自哲學系，還有英文、歷史、音樂、法律、建築、生物、醫學、藥劑等不同學系。由於他們各自對自己

研讀的科目有興趣，故希望學習多一點拉丁文，讓自己對
本科的了解更深入。

夏神父指出：「古代語文是思索人生要義，以及人類
何去何從等問題的線索。學習拉丁文文法，不單可以鍛煉
腦筋，還可以提升書寫能力。」

前人早已善用比較的方式，以學習不同的語言，其中
十九世紀末，馬建忠參照拉丁文語法研究漢語語法，撰寫
《馬氏文通》，開中國語法學之先河。

夏神父亦受到啟發，他希望藉着課程，闡述拉丁文
的基本語法，更將拉丁語和古漢語作出對照，以中國古典
作品為例，讓學生學習拉丁語，同時認識古文的特色，從
而提高學生對母語的了解，藉此鼓勵學生認識西方文化之
餘，對中國的傳統文化，也多加認識。

夏神父認為，現代漢語受歐西語言影響過甚，故此不
適宜與拉丁語作對比。至於古代漢語和拉丁語，都可稱之
為「文言文」，但在語法上，卻是兩個極端不同的系統，
不過，二者也有相似之處，那就是言簡意賅。也許，古代
文字刻在石頭、陶器、青銅器，以至寫在布帛和竹簡上，
不得不簡短。

許多古代語言已不復為今人所用，拉丁文亦不再是

日常用的語言，看似遙不可及，但在現實生活中仍不時出現，如 "e.g."、"etc."、"alma mater"、"status quo"……

一般人對拉丁文望而生畏，覺得拉丁文難學和複雜，夏神父說：「主要是因為拉丁文的語法和中文南轅北轍。用中文來表達，如『我吃飯』，先是我，隨即是吃，就是我吃的意思；最後有飯出現，就知道是我在吃飯；拉丁文的語法卻不一樣，次序本身不帶意思，可以先出現『我』和『飯』，而在全句最後一詞，才出現『吃』。因此，用拉丁文來表達，開口前一定要先想清楚一切，不能順口說了算。」所以人們講拉丁文之前，先要深思熟慮，仔細想清楚才說出來。

頓了一頓，他接着說：「此外，我們還要學習詞樣變化和組合。拉丁文要透過詞樣的變化以表達意思，例如同是『吃』一字，『你吃』有一個詞樣，『我吃』又有另一個詞樣。在拉丁文中，一個名詞有十個詞樣，形容詞則有三十個詞樣，動詞更可以多達二百多個詞樣，確是難以掌握。」拉丁文講求準確，不容含糊，對以中文為母語的學生來說，更不容易。

他隨之指出：「1962 年召開的梵蒂岡第二屆大公會議之後，拉丁文不再是教會的通用語，但它一直是認識教會傳統

的重要媒介，而且在學術世界仍有其影響力。例如新發現的植物或生物，通常以拉丁文或希臘文字詞起名。甚至在學術以外，不少商品名稱，亦取自拉丁文或希臘文字詞。」

夏神父雖然不再擔任天主教研究中心的主任，但他仍然教授拉丁文的課程。除了暑期班，在 9 月初開課的還有「中世紀拉丁語」。中世紀時代，西歐的拉丁文著作，大部分作者都是神職人員。這個課程的學習材料，以拉丁文文獻為主，要求比較高，如果已有修讀拉丁文的基礎，當然會較佳。「如果是初學者，最好還是先念暑期班。」說起拉丁文的學習，他臉上露出淺淺的笑意。

歐洲文化的考察

「我在歐洲十多年，而天主教教會亦是在西方文化中成長，故此我對西方的歷史文化亦比較了解。」夏神父在歷史系，最初任教的碩士課程是「西方中世紀的歷史」，然後是羅馬帝國、希臘的歷史，就因為這樣，開展了後來

一系列的歐洲文化考察活動。

「學生一般對歐洲的了解不多，畢業後便想直接前往那些地方考察。」夏神父遂以導師的身份，先訂立主題，設計一條路線，然後再安排重點考察的地方。

他認為：「每一個地方，都有值得深入了解之處，尤其是從亞洲人的角度，認識西方的文明，也很重要。現在我們看到的所謂西方文明，其實很表面，例如時裝、消費品等等。」

夏神父說，最初是以中大歷史系的名義，舉辦文化考察團，但後來因為行政問題，就改用「文明研習社」的名義主辦有關活動。

考察之前，「文明研習社」先提供專題講座，內容主要圍繞此行的目的，當地的文化歷史，參加者分組做報告。到達當地視察後，有新的發現，便可以再作分享。每次的行程都安排得很緊湊，讓大家體會不同的歷史時空，認識不一樣的文化，令各人總有得着之處，不負「研習」之名。

法國沙爾德教堂

自 2006 年開始，夏神父每年都帶領學生到外地考察。

沙爾德的教堂彩繪玻璃

「我較為熟悉中世紀的歷史，配合神職人員的身份，最初便帶他們去看教堂。例如在法國，有很多別具特色的教堂，尤其是哥德式的教堂，可讓學生大開眼界。」

西方的文明很豐富，但他們會盡量避開大城市，例如過巴黎而不入，「熱鬧繁華的大城市，何需神父帶領參觀？」夏神父咧嘴而笑，露出慧黠的表情。

「從巴黎坐一個小時的火車，便來到 Chartres（沙爾德，又稱沙特爾）。我們可以住在這裏，逗留十天，體驗當地的生活，亦可以看到法國人如何處理古舊的教堂……」看來，神父已到過這個小鄉鎮多次。

「沙爾德聖母主教座堂（Cathédrale Notre-Dame de Chartres），有如百科全書，教堂本身的彩繪玻璃、雕塑，還有教堂大門……全都很可觀，亦值得我們去學習。」這座

沙爾德教堂的鐳射夜景

法國哥德式建築高峰時期的代表作，有「石雕聖經教堂」
之稱，精彩之處甚多，一個星期都看不完。

「除了教堂本身值得參觀之外，在最近五、六年，
令人驚豔的，還有鐳射藝術，他們將教堂的歷史，透過
鐳射光影的變化展現出來。整個市鎮，無論是河邊，還是
劇院，都有類似的設計。縱使純粹觀看晚上的鐳射藝術
表演，已值回機票的票價。」夏神父娓娓道來，教人悠然
神往。

毛里裘斯的故事

除了沙爾德，還有另一個地方，夏神父亦去了五、六
次之多，那就是毛里裘斯 (Mauritius)，也就是他的出生地。

夏神父的父親是廣東梅縣客家人，本來在香港一間
小型的百貨公司工作。日本將要入侵香港前，老闆將女兒
嫁給他，要他們前往毛里裘斯，經營百貨小生意，以逃避
戰亂。第二次世界大戰結束，香港光復後，一家子才回香
港，他當時只有四歲。

「這個印度洋的島國，由火山爆發形成，自然生態環
境非常獨特，島上的風景很美，生長的植物也很漂亮，
值得一去再去。當人類發現這個海島的時候，島上原本沒

有野獸，只有昆蟲、雀鳥。野獸是由人類帶進去的，最初由荷蘭人從印尼將鹿運過去，因為鹿吃素，吃草便可以生存，自此人類便可以吃鹿……」

「毛里裘斯的四周被珊瑚礁環繞，一條白色的海岸線，包圍着整座海島，印度洋的海水不能直接沖擊毛里裘斯，沙灘很美，海灘上的不是沙，是珊瑚殼的粉，既白且幼……」他淡淡道來，宛在目前。

難怪馬克·吐溫曾說過：「天堂的創造，仿自毛里裘斯。」（"Heaven was copied after Mauritius"）這句讚歎，賦予此地浪漫而神秘色彩。

毛里裘斯引人入勝的，並不僅僅是那些動人心魄的天然景觀，「作為中國人，還可以探索當地的華僑史。」夏神父繼續說下去。

毛里裘斯曾分別被荷蘭、法國、英國佔領，淪為殖民地。第一批華人到此地當勞工，大概在 1790 年至 1820 年間。荷蘭人佔領印尼時，看中了中國人的刻苦耐勞，曾在印尼招聘中國人，其中大部分是福建人，前往毛里裘斯工作。現時，島上仍有很多華人建造的廟宇。

　　1835 年，英國廢除奴隸制。毛里裘斯的奴隸，是法國統治期間從非洲大陸和馬達加斯加販運來的。法例生效後，奴隸翻了身，可轉做合約勞工，但他們不願意再耕田，因為待遇比以前更差，有些人甚至返回非洲生活。由於缺乏勞工，英國人先從印度引入勞工，但四、五年後，因為條件太苛刻，印度政府不再批准勞工出口，於是英國政府轉向中國沿海等地的居民招手。

　　第二批華人勞工，多來自南海順德一帶，大約在 1839 年，此時正值鴉片戰爭前夕。毛里裘斯與印度政府談妥條件後，再派印度勞工前來。華人不用耕種，便轉做其他的

毛里裘斯莫奈山前紀念碑

生意，例如經營小商店。他們熟悉當地的環境，也知道工人的需要，從大城市買入貨品，然後運往山區零售，「例如售賣一支支的煙，一勺勺的油……沒錢付帳，還可以『記數』，商人的生意，從零售逐步發展到貸款，借錢給有需要的工人。」從此華人逐漸富起來，搬到市區居住，改做批發生意，然後再發展下去，生意愈做愈大。

第三批華僑，大多是客家人，在十九世紀中葉，洪秀全領導的太平天國失敗後，其中一些遺民漂洋過海，逃到毛里裘斯去。

　　華人對毛里裘斯的發展貢獻非常大。當地有一個名
人朱梅麟，是第二代華僑，父親來自廣東梅州，他千里迢
迢，走到毛里裘斯。早期在山區開店鋪，後來前往市區營
商，成為市區商會的主席，在政界繼續發展。朱家在毛里
裘斯非常有地位，1968 年毛里裘斯獨立後，朱梅麟曾擔任
過部長。他的兒子在當地開設銀行，女兒曾在北京任職外
交大使。1998 年，為紀念他對國家的貢獻，當地的 25 盧
比貨幣上，印上朱梅麟的頭像。從小商人到銀行家到政府
官員，這就是他們的家族歷史……

　　談到這裏，夏神父仍意猶未盡，他接着說：「當地還
有一個特別的地方，就是『奴隸山』，即莫奈山（Le Morne
Cultural Landscape），Le Morne 有『悲慘』之意。這座山
位於毛里裘斯西南部，外形有如《小王子》插畫中那頂帽，
山勢險峻，林木茂密，四邊都是懸崖峭壁。在整個十八世
紀和十九世紀早期，一直都是逃亡奴隸尋求自由的避難
所，奴隸被主人欺壓過甚，便逃跑到山上躲起來，過着自
給自足的生活……」

　　可是，命運弄人，在 1835 年，英國政府解放奴隸，曾
派士兵上山通知他們，奴隸誤以為即將被捕，於是決定以
一種慘烈的方式來捍衛自己的尊嚴，紛紛跳崖自盡。

正因為這段悲壯的歷史，這座山已於 2008 年被聯合國
教科文組織列入世界遺產。時至今日，莫奈山是毛里裘斯
著名景點之一，亦成了奴隸解放運動的象徵，揭示出尊重
與平等的重要性。每年的 2 月 1 日是毛里裘斯的廢除奴隸
制紀念日，在全島各地舉行音樂會和紀念活動，特別是在
這座富有象徵意味的地標。

不同主題的旅程

「文明研習社」每年舉辦兩次外遊活動，例如 8 月中
去沙爾德，另一次就安排在 12 月中，前往其他地方。由於
旅遊的目標，鎖定為文化歷史，通常參觀的地方，大多是
教堂、博物館、考古遺蹟等等。

文化遊的主題每年不同，每次的地點都不一樣。據夏
神父介紹，其中一次，是「朝聖者之路」，由巴黎出發，
前往終點──西班牙的 Santiago de Compostela（繁星原野
聖地牙哥）。

另外，2011 年的「波羅的海之旅」，也令他印象難
忘。這次旅程的主題有三方面：一是維京人的南下；二是
十字軍的北征；三是琥珀之路。「行程既刺激，又豐富，我
們也考慮重辦。」夏神父不忘補充。

不過，世界之大，值得參觀的地方還有很多，「2019
年的 12 月中，我們會去突尼西亞，考察迦太基文明的發
源地，不過，行程宣佈後，三天便滿額。」夏神父的「粉
絲」甚多，不一樣的旅程，當然很吸引。

「又如埃塞俄比亞，考古學家在該處發現了人類最古
老的骸骨，非洲很多國家都用西方語言溝通，但埃塞俄比
亞保留了原來的方言——來自中東的閃族語言，因為它從
未曾做過殖民地，我們還可以看看那座擁有千年歷史的阿
克蘇姆『方尖碑』，它曾遭意大利的軍隊掠走，被運往羅
馬，2008 年才歸還給埃塞俄比亞。此外，我們還想去波斯
帝國，即伊朗和伊拉克一帶。」談到文化之旅，夏神父如
數家珍，侃侃而談。

文化歷史的探索

眼前的夏其龍神父，溫文儒雅，露出謙和、親切的眼
神，說話時不卑不亢，聲音很輕、很柔和，讓人感到很誠
懇。跟他聊天，可謂賞心樂事。

無論是說起拉丁文教學，還是文化考察活動，夏神父
婉婉道來，娓娓動聽；聽他細述沙爾德的教堂、毛里裘斯
的故事，也教人心往神馳……

我們談了三個小時，我不像在訪問，倒像聽了一堂課，經歷了一段文化之旅。

世道莽蒼，風雲變幻。

說不準，有一天，有機會跟隨夏神父學習拉丁文，還可以到處遊歷，探索不同時代、不同地域的文化歷史。

固所願也。

---

* 頁 247、253 圖片，由「灼見名家」提供；頁 255、256、258、259、260、263 圖片，由夏其龍神父提供。謹此致謝。

夏 其 龍 神 父 簡 介

夏其龍神父，天主教司鐸。生於毛里裘斯，成長於香港。早年在羅馬習神學，其後獲得哥倫比亞大學傳播碩士、香港大學亞洲研究哲學博士。1970年晉鐸，曾任職天主教香港教區傳播處、《公教報》總編輯，後調任教區檔案處主任。2005-2019年，兼任香港中文大學文化及宗教研究系天主教研究中心主任，十多年來，展開一系列的歷史研究計劃。現為香港中文大學文化及宗教研究系兼任副教授。除中、英文外，熟諳多種歐洲語言，包括拉丁文、意大利文、法文、德文等。研究興趣包括教會史、文明史、拉丁語，也涉獵客家、墓地、燈塔等。著有《香港天主教傳教史 1841-1894（中文版）》(2014)、《了解天主教》(2016)、《拉丁語法入門》(2019)、《拉丁入門讀本一》(2019)、《1950-1980年代香港天主教教育——口述歷史訪問》(2019，與曾家洛等合編)等。

附錄

各篇發表日期

篇目	發表日期
1. 夏婕專訪	2018 年 1 月
2. 丁新豹專訪	2018 年 2 月
3. 魏時煜專訪	2018 年 3 月
4. 毛俊輝專訪	2018 年 4 月
5. 關夢南專訪	2018 年 5 月
6. 司徒元傑專訪	2018 年 10 月
7. 李美賢專訪	2018 年 11 月
8. 莊梅岩專訪	2019 年 2 月
9. 榮鴻曾專訪	2019 年 3 月
10. 恩保德神父專訪	2019 年 6 月
11. 新劍郎專訪	2019 年 7 月
12. 夏其龍神父專訪	2019 年 10 月

後記　點水蜻蜓款款飛

「細推物理須行樂，何用浮榮絆此身」，瀟灑若此。

「穿花蛺蝶深深見，點水蜻蜓款款飛」，何等逍遙。

大學時曾修讀「杜甫詩」。不過，〈曲江二首〉是老杜的名作，念中文系的，誰沒讀過？

猶記得，當年有老師笑稱我為「點水蜻蜓」……言下之意，我懂的。

「興趣太廣泛，老是左顧右盼、東張西望……未能好好地安坐下來，集中精神搞研究、做學問。」他道出我底治學弱點，確是一語中的。

那些年，除了文學，我還喜歡藝術，而且迷上電影……真箇是「不務正業」。

少年輕狂，蹺課自學。面對那些不知所謂的課，我自會尋找出路。躲在圖書館看書，坐火車出城，到處蹓躂，逛書店、看展覽，還不時跑到大會堂看電影、聽音樂……當然比上課來得有勁。

就這樣，彈指一揮間，已飛越幾十年矣。

人生七十古來稀，雖未至，已漸行漸近……

驀然回首，自小是個「書癡」，及長是個

「影癡」。丁衍庸老師曾贈我一方印章，刻的正是「癡」字，簡直為我度身訂造。

近幾年來，癡兒了卻公家事，伴鳥隨雲往復還……遊走四方之餘，閒居家中讀書、寫作。

我多寫散文，也執筆寫過遊記，曾嘗試創作兒童故事，還撰寫人物專訪……端的是個「蜻蜓」。

「我其實只想挑我愛讀的讀，挑我愛寫的寫。在這樣任性的時刻我慶幸我不是學者，不搞學術，愛怎麼放肆就怎麼放肆。」董橋先生在《讀胡適》第三十三回中，有幾句話說得真好。遊走於文學藝術的天地，愛寫甚麼便寫甚麼，我倒也自得其樂。

為「灼見名家」寫人物專訪，始於 2018 年初，受訪者全是香港文化界的中堅分子，來自不一樣的領域，有文學、藝術、歷史、電影、戲劇、音樂、宗教……當中包括作家、學者、導演、演員、編輯、編劇，以及粵劇名伶、博物館館長，還有神父。

我愛跨越不同的界別，靜心聆聽別人的故事。

每次訪談前，總緊張得像應試的學子，看書、上網、蒐集資料，還記下重點；訪問時，邊聊天邊筆錄，談笑間，看似輕鬆自在，實則步步為營；撰寫時，從謀篇佈局，到斟酌取捨，以至資料核實，從不敢掉以輕心。然而，我的得着，遠遠超乎想像。

藉着專訪，我增長了知識，學懂了感恩。

人人頭上一片天，走的路固然不同，經歷亦相異，而且各有專精。他們身上，體現了謙遜包容、勤奮認真、擇善固執，還有希望和愛⋯⋯讓我感悟到——寫作是治療，最先受益的是自己，然後才惠及他人。

去年，出版了《字旅相逢》；今年，再接再厲⋯⋯

《字旅再相逢》一書，記錄了十二位文化人的故事，曾刊於「灼見名家」。

感謝社長文灼非先生，讓我放肆地「選我愛訪問的訪問」，更感謝他，為本書寫序。

書中刊出的珍貴照片，大多來自受訪者，以及「灼見名家」的攝影師文灼峰先生；另有部分照片，蒙不同的機構慷慨借出，於此衷心致謝。

感謝所有為這本書費心盡力的朋友，更感謝接受訪問的前輩、友人，還有喜愛本書的讀者。

「傳語風光共流轉，暫時相賞莫相違」——沒有你們的支持和鼓勵，我還能繼續寫下去嗎？

馮珍今
寫於 2020 年 4 月 5 日

責任編輯：羅國洪

裝幀設計：胡嘉敏

字旅再相逢——12位香港文化人的故事

馮珍今　著

出　　版：匯智出版有限公司
　　　　　香港九龍尖沙咀赫德道2A首邦行803室
　　　　　電話：2390 0605　　　傳真：2142 3161
　　　　　網址：http://www.ip.com.hk
發　　行：香港聯合書刊物流有限公司
　　　　　香港新界大埔汀麗路三十六號中華商務印刷大廈三字樓
　　　　　電話：2150 2100　　　傳真：2407 3062
印　　刷：陽光(彩美)印刷有限公司
版　　次：2020年6月初版
國際書號：978-988-74436-6-7

香港藝術發展局全力支持藝術表達自由，本計
劃內容並不反映本局意見